刘心武说红楼

双悬日月照乾坤

——《红楼梦》的故事背景

刘心武　著

山东画报出版社
济南

图书在版编目（CIP）数据

双悬日月照乾坤:《红楼梦》的故事背景/刘心武著.--济南: 山东画报出版社, 2022.9
（刘心武说红楼）
ISBN 978-7-5474-4237-1

Ⅰ.①双… Ⅱ.①刘… Ⅲ.①《红楼梦》研究 Ⅳ.①I207.411

中国版本图书馆CIP数据核字(2022)第135469号

SHUANGXUAN RIYUE ZHAO QIANKUN
——HONGLOUMENG DE GUSHI BEIJING
双悬日月照乾坤
——《红楼梦》的故事背景
刘心武 著

特约策划 焦金木
责任编辑 怀志霄
装帧设计 王 芳

出 版 人 李文波
主管单位 山东出版传媒股份有限公司
出版发行 山东画报出版社
社 址 济南市市中区舜耕路517号 邮编 250003
电 话 总编室（0531）82098472
市场部（0531）82098479 82098476（传真）
网 址 http://www.hbcbs.com.cn
电子信箱 hbcb@sdpress.com.cn
印 刷 山东临沂新华印刷物流集团有限责任公司
规 格 787毫米×1092毫米 1/32
8印张 14幅图 113千字
版 次 2022年9月第1版
印 次 2022年9月第1次印刷
书 号 ISBN 978-7-5474-4237-1
定 价 48.00元

贾政游大观园景一

贾政游大观园景二

贾政游大观园景三

贾政游大观园景四

贾政游大观园景五

贾政游大观园景六

贾政游大观园景七

贾政游大观园景八

贾政游大观园景九

贾政游大观园景十

贾政游大观园景十一

贾政游园同归书房

贾政游大观园景十二

贾政游大观园景十三

编选者言

总有人给刘心武的研究贴标签，说他是“索隐派”。其实，他不属于索隐派，而是属于由胡适开创、周汝昌成就系统的“考据派”。索隐和考据，就方法而言，之间的界限不是非常明确，但索隐派与考据派的宗旨区别是明显的。概而言之，以蔡元培为代表的索隐派，认为《红楼梦》的创作主旨是“悼明之亡，揭清之失”，也就是说，《红楼梦》骨子里是要反清复明。但以周汝昌集大成的考据派，认为《红楼梦》的“真事隐”，隐的是清朝康、雍、乾三朝，特别是乾隆朝初期，皇位继承风波影响下，曹氏家族的盛衰荣辱。当然《红楼梦》是小说，是“假语存”，曹雪芹通过这个隐藏着家族史、自传性的虚构文本，超越了政治，甚至超越了时代，达到了彻底了悟。

索隐派热衷于从《红楼梦》文本中寻找反清复明的证据，以及书中人物与明清两朝历史上有记载的人物的对应关系。考据派主要是研究《红楼梦》写作的大背景，其中虽然也会涉及对康、雍、乾三朝某些历史人物，以及作者家族历史的探究，但终极目的是弄清作者的创作动机、创作困境，以及冲出困境的努力和所取得的极其可贵的成果。

刘心武的红学研究，是在红学泰斗周汝昌先生的指导下进行的。刘心武尊周先生为前辈老师，周先生认刘心武为忘年的贤友。这一册集中了刘心武对《红楼梦》写作大背景的探究心得，其中穿插着刘心武与周先生的通信，见证了他们的师承关系，也展现了美好的文人友情。

目　录

红楼望月

以前似乎没有什么人注意到，林黛玉进荣国府看见的匾额对联，有着那么丰富的隐喻。她进入堂屋，抬头迎面先看见一个赤金九龙青地大匾，匾上写着斗大的三个字“荣禧堂”。这显然是取材于康熙三十八年（1699）康熙南巡时为曹雪芹的太祖母孙氏题的“萱瑞堂”匾。以前能注意到这一点的，都以为曹雪芹不过是下笔时以家史略做点染罢了。接着又写到林黛玉看见一副乌木联牌，镶着錾银的字迹，道是“座上珠玑昭日月，堂前黼黻焕烟霞”，下面一行小字，道是“同乡世教弟勋袭东安郡王穆莳拜手书”（据程乙本刊印的通行本上，此处被程伟元、高鹗篡改了，他们可是知道这一笔的“厉害”）。人们往往忽略这一细节，觉得大概不过是随便那么一写。其实，这里面包含着《红楼梦》从生活真实到艺术虚构的重大关目。我从王士祯《居易录》中得知，康熙所立太子胤礽曾有“楼中饮兴因明月，江上诗情为晚霞”的“名对”，并有在随康熙南巡时书写给当地臣属的记载。将此信息告知周汝昌先生后，他很快就写出了文章，指出《红楼梦》中黛玉所见对联即本于此；大匾为金，联牌为银，正是一为“日”赐，一为“月”书，互相对应；而且因曹寅与康熙平辈，寅妻李氏是书中贾母的原型，书中贾政的原型是曹寅去世后过继来的曹頫，则太子与其平辈，而曹家是在关外铁岭被俘后效力攻进关内的开国功臣，与皇室既是主奴关系亦有共战情谊，所以太子题联谦称“同乡世教弟”，“东安郡王”就是“东宫太子”的意思，太子两立两废死后谥“密”，古文里“密”“穆”相通（《荀子》中有例），“莳”有“立”和“更改再植”等义，曹雪芹是在太子反复立废并已逝去后下笔，所以才用这些隐语曲笔记录他父辈祖上与太子的亲密关系。周汝昌先生又指出，古抄本中，“座上珠玑昭日月”有作“照日月”的。第四十回“金鸳鸯三宣牙牌令”，有“双悬日月照乾坤”的令词。很显然，“日”喻皇帝，“月”喻太子。不过后一例有更微妙的内涵。

康、雍两朝交替后，曹家很快败落，曹頫被枷号，李氏等少数家属只得蒜市口十七间半小院居住，仆人则只剩三对，曹雪芹幼年时代是很穷窘的。雍正暴毙、乾隆即位后，新皇帝实行“亲亲睦族”的政策，先抚平雍正朝皇室骨肉相残留下的伤口，又对在雍正朝的权力斗争中被牵连的官员大都予以宽免。曹頫的罪名以及亏空欠款也就在这样的政策下一风吹了，并重被内务府叙用。那时曹雪芹姑母的儿子，也就是他的表哥平郡王福彭，甚得乾隆优宠，居高官，住华府，有权有势，因此少年曹雪芹有过几年舒适自在的生活，并有机会到比自家更优裕的王府中观察体验。也就是说，并不是像有的人估计的那样，似乎曹雪芹从幼年起就一直与富贵人家公子生活无涉了。

曹雪芹父祖两辈与康熙朝的太子胤礽关系密切，这是雍正即位后厌恶曹家，抄其家治其罪的根本原因，什么“骚扰驿站”“任上亏空”等都只是表面罪名。

按说胤礽在雍正二年（1724）囚死后，曹家作为“太子党”，无论主观上还是客观上就都“没戏”了，乾隆既已即位，成为“新日”，哪里还有什么“旧月”。但历史上的情势是，“太子党”不仅没有覆灭，反而更活跃起来，他们聚集在胤礽的儿子弘皙麾下，积蓄力量，频繁计议，寻求时机，以求一逞。

那时弘皙以理亲王的身份居住在北郊规模宏大的郑家庄王府，居然设立了自己的内务府七司，俨然有“影子政权”之架势。弘皙在康熙健在时已是少年，而且甚得祖父喜爱，雍正即位，他自然不服，到了乾隆即位，他更不忿，自以为康熙才是“正日”，自己父亲胤礽是“明月”，“明月”

继承“正日”才是正理。他以康熙嫡长孙自居，父亲既殁，他便是“明月”了，视乾隆为“伪日”，要“正位”取代。弘皙这样想倒也罢了，谁知乾隆初年，一些皇族亲贵，包括几位雍正优渥重用的王侯及其后代，竟也如是想，并且勾结起事，在乾隆二三年时已公然营造出了“双悬日月照乾坤”的紧张局面。“三春去后”，到乾隆四年（1739），他们想趁乾隆出猎时行刺政变，乾隆不动声色，以迅雷不及掩耳之势粉碎了他们的阴谋，此即“弘皙逆案”。此案牵连到许多官员，曹家就彻底毁灭在此“逆案”中。曹家不能不受弘皙一党之诱惑吗？一来他们内心也是一直倾向“明月”的，二来根据他们的“老根”，弘皙的新“太子党”在集结力量时，是绝对不会不找他们这个老“太子党”来“捧月”的。“双悬日月照乾坤”，对曹家——也就是小说里的贾家——来说，既是对所面临的政治大形势的比喻，也是在“日”“月”夹板中煎熬难耐的写照。

明乎此，也就把握了曹雪芹写作《红楼梦》时的心理状态，以及贯穿全书的贾家故事的福祸根源。从第十七、十八回往后，《红楼梦》故事的时序是非常清楚的，第十八回后半回到第五十三回全写的是乾隆元年（1736）的事，而且春夏秋冬都细描精绘，连这一年四月二十六日交芒种节都准确地写了进去；第五十四回到第六十九回写的是乾隆二年（1737）的事；第七十回到第八十回写的是乾隆三年（1738）的事。但第一回到第十七回的时序却比较模糊，还有前后矛盾之处，我认为这是曹雪芹有意回避雍正朝的曹家窘境，没有将其移入书中贾家的故事里，反倒把乾隆元年后曹家中兴的局面夸张逆延到那以前，去想象贾家彼时的生活情景。这样变通的艺术构思是既必要又巧妙的。还要指出的是，《红楼梦》里写到的皇帝，是个抽象的存在，这个皇帝上面还有太上皇，实际上曹雪芹逝世前清朝没有过太上皇，乾隆内禅让嘉庆当皇帝时，曹雪芹已过世多年，他不可能也没必要去预测，他是把康、雍、乾三朝皇帝浓缩为一个来写。但不管怎么说，“日”“月”之争，笼罩全书。

以这样的眼光再来细读《红楼梦》，就会对以前不以为意的涉及“月”的情节与文句有新的憬悟。全书以中秋始，脂砚斋告诉我们，又将以中秋结。“好防佳节元宵后，便是烟消火灭时”，这既是甄士隐的灾难期，也是第五十四回贾府大热闹达于顶点，第五十五回后即开始陨落的分界点。中秋和元宵都是月最圆最明的时候，令人充满了憧憬，但贾府却总是在这样的日子里“悲谶语”“发悲音”“感凄凉”，可见“月”到头来并不能“明”，带给他们的不是福祉而是祸患！这些大关节且不去细论，下面我们要以新眼光来品品书中的以下诗句：

第一回的“天上一轮才捧出，人间万姓仰头看”——以前我们总以为这不过是表现贾雨村想“飞腾”罢了，现在我们可以悟出，实际上更是影射雍正死后弘皙“众望所归”的政治形势。

第三十七回的吟海棠诸诗，多有涉月之句。“幽情欲向嫦娥诉，无奈虚廊夜色昏”——贾家也好，史家也好，王、薛二家也好，都是既向往而又没有把握，处在对“月”的复杂情怀中。

第三十八回的吟菊诗也是一样。“瘦月清霜梦有知”，是对“义忠亲王老千岁”的怀念吧？“口齿噙香对月吟”，多么钟情，但“篱筛破月锁玲珑”“和云伴月不分明”，到头来也只能是“醒时幽怨同谁诉？衰草寒烟无限情”！

第四十八、四十九回香菱学诗，以“月”为题连作三首，过去只以为是作者模拟初学者由浅陋到入门的一个过程，没有什么深意，现在把“月喻太子”作为解读的钥匙，则下面这些句子就都有了深层的意蕴：“月挂中天夜色寒”“余容犹可隔帘看”“精华欲掩料应难”“半轮鸡唱五更残”“缘何不使永团圆”……

第七十回林黛玉《桃花行》的结句是“一声杜宇春归尽，寂寞帘栊空月痕”，如果说这还不算太明显，薛宝琴的《西江月》词里，公然显现“三春事业付东风，明月梅花一梦”的句子，就太值得注意了。弘皙一党觉得雍正暴毙是个夺权“正位”，由“月”升“日”的良机，精心谋求历时三年后才终于拼力一搏，却万没想到“三春事业”泡了汤。薛家是比贾家更形于外的“太子党”，薛蟠明说他家一直存放着“坏了事”的“义忠亲王老千岁”当年定下的棺料樯木，而且往来的全是冯紫英那样的“月”派人物；薛蝌送妹妹薛宝琴来京，要嫁给梅翰林的儿子，那梅家不消说跟冯家一样，也是“月”派的，所以“月”派事败，薛宝琴的命运也就“明月梅花一梦”。据她自己的灯谜诗，“不在梅边在柳边”，她后来竟与成为“强梁”的柳香莲结合。所谓“强梁”其实也就是反“伪日”的力量，是“月”派的余绪或同情者，这大概都是八十回后会写到的情节。

第七十六回林黛玉、史湘云凹晶馆联诗：“宝婺情孤洁，银蟾气吐吞。药经灵兔捣，人向广寒奔。”这也许还不能说明太多，但下面的句子则真有点惊心动魄了：“犯斗邀牛女，乘槎待帝孙。虚盈轮莫定，晦朔魄空存。”“犯斗”已经是影射了，更直书“乘槎待帝孙”，“帝孙”既指织女星，更双关隐喻弘皙。乾隆这样说过弘皙：“自以为旧日东宫之嫡子，居心甚不可问！”康熙晚年，弘皙、弘历都已是少年，那时弘历的父亲、后来的雍正并无承统迹象，倒是弘皙的父亲胤礽两次立为太子。虽然胤礽终于失宠被废，但康熙对弘皙的喜爱并无变化，在朝野看来，弘皙这个皇孙大有承统的希望，这也是弘皙一直想“正位”，以及其追随者要“乘槎待帝孙”的心理依据，也就使得弘皙成为弘历登基前后都紧盯严防的一大心腹之患。

红楼望月几回圆？可以估计，八十回后一定是“月落乌啼霜满天”，宁国府藏匿秦可卿，荣国府替南京被查抄的甄家藏匿罪产，以及其他种种罪状，一一被“烈日”清算，“忽喇喇似大厦倾，昏惨惨似灯将尽”，“白骨如山忘姓氏，无非公子与红妆”。可见高鹗所续的那些，离曹雪芹的初衷真是背道远去十万八千里不止！

欲懂《红楼梦》，需细品“月”。

帐殿夜警

1

康熙四十七年（1708）深秋，北方已然草木凋零，江南山水却还没有卸去彩妆，表面上生活如常，但茶楼酒肆里渐有流言令人惊骇，从贴耳细语，到叩案喊喳，很快地，这动向就被皇帝的耳目获悉。

康熙在江南最大的耳目就是江宁织造曹寅。那一年曹寅五十一岁，给皇帝当差之余，弄文学、玩藏书，校刊了自己喜爱的闲书《楝亭五种》《楝亭十二种》，其中有一卷《糖霜谱》，专讲精致甜食中一个小类别的制作工艺，可见他的闲情逸致多么丰富细腻，生活状态多么优裕高雅。搜集到那流言时，他真是如雷过顶，心乱如麻。还没来得及向皇上汇报，邸报就已经到了。邸报的内容竟证实了流言不诬，于是他赶忙写下奏折，其中说："臣于本月二十二日得邸报，闻十八阿哥薨逝，续又闻异常之变。臣身系家奴，即宜星驰北赴，诚恐动骇耳目，反致不便。二十三日以来，民间稍稍闻之，皆缎布两行脚力上下之故。将军、总督严禁盗贼。目下江南太平无事。米价已贱。"这奏折写得既情真意切，又很有技巧——把流言出现的时间列在官方内部通报之后，查明流言的来源是流动于南北的为商行运输绸缎布匹的脚力，同时表示已注意在此关键时刻"严防盗贼"，更以"江南太平"与"米价已贱"安慰圣上。

2

邸报里所说的十八阿哥，是当时康熙已有的

二十个序齿的儿子之一，薨逝时才八岁。康熙虽然儿子这么多，但他的父爱绵厚无边，对这个爱嫔王氏所生的十八阿哥尤为宠爱。那一年循例的木兰秋狝，他不仅让众多已是青少年的皇子随行，还特别把十八阿哥带在身边。北方的秋天昼夜温差很大，这样的武装旅行对一个八岁的儿童来说并不适宜。果然，半路上十八阿哥就发了病。现在看来，那病症大概是腮腺炎，并非绝症，但那时的太医们竟不能救治。康熙搂着爱子，殷殷祷祝，甚至说宁愿牺牲自己的健康，来换取十八阿哥的生命。高烧的十八阿哥在八月底一度病情好转，康熙欣喜若狂，但好景只是一闪，到九月初二早晨，十八阿哥撒手人寰，康熙悲痛欲绝。

如果单是十八阿哥薨逝，民间缎布两行的脚力也许没有多大流布其消息的兴致，随之发生的，即曹寅在奏折中不能明书只能暗喻的“异常之变”，才是朝野不能不关注的。缎布两行的脚力从北京回到江南，一路上散布的流言，就是这个“异常之变”。

退回三十三年，康熙十四年底（1676），康熙立嫡子（若论大排行则是二阿哥）胤礽为太子，当时胤礽还不足两岁。太子从小得宠，懂事后康熙又请来硕儒教他功课，并遵从祖训教其骑射。在康熙的精心培养下，太子满、蒙、汉文皆娴熟，精通四书五经，书法也很好，善作对子；五周岁时就在狩猎中射中过一鹿四兔；成年后辅助父皇处理国事，也显示出了政治方面的才干，康熙几次出征都让他留京代理政事，并对他的表现大加赞扬，说他“办理政务，如泰山之固”。后来虽然也对他的一些缺点有所批评，如指出发往前线的包裹捆绑不严，多有破损，应及时改进等，但总的来说，至少从表面上看，胤礽接班当政只是时间问题，绝对不会有什么“异变”。在长达三十多年的时间里，像曹寅那样的皇家亲信，都习惯了在效忠康熙皇帝的同时，也效忠太子胤礽，这贯穿在他们的思维与行动当中，丝毫不曾动摇过。可是，万没想到的是，康熙四十七年（1708）九月初六，康熙废黜了太子，并昭示天下。

这场“异常之变”不仅使曹寅的心里蒙上了阴影，而且一直影响到他的子侄以至孙辈。

3

“异常之变”的触发事件是“帐殿夜警”。

所谓帐殿，就是木兰秋狝时皇帝驻跸的营帐。据康熙自己说，除了他早已发现的胤礽的不肖种种，“更有异者，伊每夜逼近布城裂缝向内窥视……令朕未卜今日被鸩、明日遇害，昼夜戒慎不宁，似此之人，岂可付以祖宗弘业”！

究竟有没有“帐殿夜警”这回事？和宋代的“烛光斧影”、明代的“梃击”“红丸”“移宫”等宫闱疑案一样，这件事也是迷离扑朔。康熙宣布废黜太子时，当着已被绑缚的胤礽、陪绑的几个皇子、重臣，以及供奉于朝廷的西方传教士，愤激地历数胤礽的罪愆，吐露出许多旧恨新仇，特别是胤礽在幼弟十八阿哥病笃、康熙焦虑万分的情况下，竟然无动于衷，毫无忠孝义悌，说到偷窥圣躬居心叵测，竟然痛哭仆地，大失威严常态。但数日之后，康熙略微冷静些，就觉得胤礽似乎是疯癫而非谋逆。回京途中，大风环绕驾前，康熙认为是天象示警。回銮后他又分别梦见了祖母孝庄皇太后和胤礽的生母皇后赫舍里氏，前者是立胤礽为太子的决策者之一，后者是他最爱的女人，梦里两个女人都面有不悦之色。期间，又查出是庶出的大阿哥利用巴汉格隆以巫术镇魇了胤礽。之后，康熙连续召见了胤礽几回，发现其疯态消失，心下越来越宽慰。四个月后，胤礽被复立为太子。

雍正即位后，大肆修改康熙朝的档案，有的干脆就毁掉。他那时候关于“帐殿夜警”的版本里，说是康熙曾在夜半觉得有人逼近帐殿里的御榻，还发出了声音，那身影声气分明就是胤礽。如果真是这样，不用别人揭发，康熙自己就是胤礽图谋弑父弑君的活见证。但为什么康熙在宣布胤礽的罪状时只说他“逼近布城裂缝向内窥视”呢？又为什么会在四个月后恢复他的太子地位呢？据雍正朝也没改掉的记载，胤礽被废押解回京囚禁于宫中上驷院临时帐篷内时，为自己申辩说："皇父若说我别样的不是，事事都有，只是弑逆的事，实无此心。"这大概更接近事实。"帐殿夜警"恐怕是被人举报而非康熙自己发现的。

有历史学家指出，康熙的皇权与胤礽的储权之间的矛盾，是一步步发展、暴露、激化起来的，"冰冻三尺，非一日之寒"。康熙起初溺爱胤礽，达到了相当荒谬的程度，例如他任命胤礽的奶母之夫凌普为内务府主管，不是因为此人有品德才干，仅仅是为了胤礽取用皇家诸种供应的方便；在仪注上，康熙后来后悔地说："太子服御诸物，俱用黄色，所定一切仪注，与朕无异，俨若二君矣！"太子渐渐长大，对于自己"千岁"地位的自觉意识越来越深化，在康熙出征时留守京城代理国政过了把瘾，其党羽日益增多，这些人的权力欲望比他更强，更强化了胤礽"何日为万岁"的心理趋向。但康熙身体健康、精力充沛，是个长寿之君，胤礽隐忍的接班欲望，与康熙不到寿终绝不放权的明显态势，导致了他们父子君臣关系难保平衡的悲剧性结局。历史学家从政治视角如此分析当然非常有道理，但作为活生生的个体存在，康熙也好，胤礽也好，其心灵都是非常复杂的；他们的冲突里，应该也杂糅着另外的，非政治性的，与权力、财富不一定结合得那么紧密的心理的、情感的冲突。这个领域应该由文学艺术去切入。

会不会有文学家乐于描写康熙四十七年八月底到九月初那些日子里，木兰秋狝营帐中发生的故事呢？特别是在夜深人静之时，太子“逼近布城裂缝向内窥视”的诡谲一幕……但写这样的小说至少要大概地知道当年“帐殿”的布局。据史料，秋狝之典参与者总数可达一万数千人，所有人员包括皇帝均宿帐幕，届时设行营卡座，各按秩序排列，中间的黄幔城是皇帝居所，外加网城，设连帐一百七十五座，是为内城；外城设连帐二百五十四座，又有警跸帐；整个营盘内圆外方；再外围是蒙古等诸王公、台吉营帐。太子的营帐可以想见是在皇帝御帐附近，但深夜躲过密布巡逻值守的人员，私自逼近御帐，洵非易事，要想使小说情节，特别是细节，逻辑合理，下笔可不那么轻松。我们都知道1919年新文化运动之前的中国文言文是没有标点的，“逼近布城裂缝向内窥视”这个句子，现在引用者多加标点断句为“逼近布城，裂缝向内窥视”，这镜头实在恐怖，因为“裂缝”作为动词，那胤礽彼时就非动用匕首等利器不可，杀气弥漫；但若另行断句理解为“逼近布城裂缝，向内窥视”，那就无须使用利器，胤礽的形象也就非凶神恶煞，而是被窥视欲的心火烧得癫狂的一个可怜虫了。或问，御帐会有“裂缝”吗？如果把“裂缝”理解为“破开的缝隙”，当然不可信，但帐幕毕竟是由若干块布幔叠围合成，用手拨开便可出现“裂缝”的部位未必没有……

“帐殿夜警”究竟是怎么一回事？真相恐怕永难揭橥了。

4

“帐殿夜警”一事倘不是康熙亲自发现的，又是谁向康熙告的密？康熙始终不曾揭破。当时随扈的诸皇子里，年龄比较大的是大阿哥胤禔（三十六岁）和十三阿哥胤祥（二十二岁），他们都属于反太子的阵营，在秋狝营帐中的位置也应该与康熙及太子的营帐相去不远，因此很可能是他们向康熙告的密。胤禔很快被三阿哥揭发，利用巴汉格隆魇了太子，后来果然在他的府邸里搜出了用来镇魇的木偶多具，康熙盛怒之下将他削爵圈禁，他的余生都在圈禁中度过，雍正十二年（1734）六十三岁时死于禁所。胤祥的遭遇很奇怪，他在康熙三十三年（1694）第一次分封皇子时因为还小，未受封可以理解（那一次只封到十三岁的八阿哥），但在太子复位后康熙四十八年（1709）的分封里，连十四阿哥都受了封，唯独他未受封。直到康熙驾崩，雍正即位后才封他为怡亲王。康熙为何不封他爵位？或许他在“帐殿夜警”事件里扮演了告密者的角色，这角色为康熙所需要，却又为康熙从心里鄙视厌恶；而雍正对他的重赏重用，恐怕也是为了感谢他“亏得告密出了个帐殿夜警事件，要不胤礽说不定就真从千岁变成万岁了”。

度过“帐殿夜警”的危机后，胤礽最终还是没有获得康熙的信任。康熙五十一年（1712），康熙宣布胤礽复立后“狂疾未除，大失人心，断非可托付祖宗弘业之人”，再次将他拘执看守。年近四十的废太子此后也就在圈禁中度过余生，雍正二年（1724）五十一岁时死于禁所。胤礽二次被废后，八阿哥一度觊觎储位，闹出许多风波，但未得逞。康熙以立储失败为训，不再公开立储。有许多证据显示，他秘密选定的接班人是十四阿哥，但突然袭来的死亡，使他的苦心付诸东流，结果最令人意外的四阿哥登上了宝座，是为雍正皇帝。

雍正即位后，陆续铲除他认为对自己帝位有威胁的兄弟，首当其冲的是八阿哥和九阿哥。两人被削去宗籍，一个被叫作阿其那，一个被叫作塞思黑。这两个满语恶名究竟是什么意思，民间有说是“狗”和“猪”的，史家有考证出是“俎上冻鱼”与“讨人厌”的，总之是将其“臭名远扬”。后来这两人都突然上吐下泻，暴病身亡，演出了康熙子嗣间骨肉相残最阴冷的一幕。

民间传说，步军统领隆科多对其他皇子封锁了康熙病危的消息，雍正将康熙遗诏“传位十四皇子”中的“十”描改成了“于”；也有说遗诏里写的是名字，十四阿哥的名字是“示”字旁一个“贞”，四阿哥的名字是“示”字旁一个“真”，雍正是将“贞”描改成了“真”。但历史学家指出，将遗诏放在“正大光明”匾后，直到皇帝驾崩才能取看的做法恰是雍正定下的规矩，康熙时并无此举；而且十四阿哥与四阿哥的满文书写方式差异明显，当时的诏书全是满汉文对照，很难描改。又有历史学家说已查到故宫档案，雍正公布的康熙传位于他的遗诏并非一个句子，而是很长一段文字，经对比研究，疑点很多，而且那满文似乎是从汉文回译的，与当时先有满文再汉译的规矩不合，所以，仍可得出雍正矫诏的结论。雍正登基不久就把拥戴他的隆科多、年羹尧治了罪，这显然是为了“堵嘴”，也无异于自曝其心虚。十四阿哥的命运比八、九阿哥略好，他先被派去守陵，后被圈禁，到乾隆时复爵直至郡王，活到六十八岁才死。

5

废太子在雍正二年（1724）就死了，但关于他的故事仍在继续。这就像曹寅死了，曹家的故事还要继续搬演下去一样。实际上头一个故事始终笼罩着，或者更准确地说，决定着第二个故事。

雍正韬晦到四十五岁才登上皇帝宝座，但五十八岁就突然驾崩了。雍正即位时，曹家是曹頫在当江宁织造。曹寅死后，康熙让曹寅唯一的亲儿子曹颙继任，没想到曹颙又死了。康熙对曹家感情很深，视曹寅为“嬷嬷兄弟”，曹寅、曹颙全死了他也还是要曹家人当织造。曹頫就是在这种情况下过继给曹寅的未亡人李氏，继任江宁织造的。但雍正对曹家可是一点感情也没有。雍正五年（1727）抄了曹家，雍正六年将曹頫一家逮京问罪。其后曹家在雍正朝的阴暗日子虽然情况不详，总还多少留下了些档案材料与其他零星文字。

乾隆即位后立即着手收拾雍正留下的政治残局，对雍正的政敌，放的放，赦的赦，加恩笼络，推行皇族亲睦的明智政策，总体而言，大有效果。皇族里的历史遗留罪愆既然淡化，乃至既往不咎，相关的官僚的命运也就大有改善。正是在这种政治气候里，曹𫖯的亏空欠额一风吹，并重新被内务府任用。曹雪芹就是在这时，很过了几年温柔富贵乡里的甜蜜生活。从乾隆元年（1736）到乾隆三年（1738），这三个“春天”里的曹家可谓“春梦正酣”，仿佛从此有几百年的好日子等在前头。

但是乾隆四年（1739）发生了弘皙逆案。弘皙是废太子的儿子、康熙的嫡孙。“帐殿夜警”事件那一年，他已经十五岁，而且有记载证明，康熙很喜欢这个嫡孙，甚至之所以会在一废太子四个月后再予复位，因素之一就是二阿哥已然有了这样一个眼看成才的子嗣。二废太子时，弘皙已快二十岁，是个成年人了。雍正朝时，他以理亲王的身份被安排住在了北京北郊当年叫祁县，现在属于昌平区的郑家庄（现在此庄叫郑各庄）。郑家庄那么个乡下，能住得下王爷吗？原来康熙晚年就命于该处修建行宫、王府、城楼与兵丁营房，在他去世前一年建成，其中行宫大小房屋二百九十间，游廊九十六间；王府大小房屋一百八十九间，饭房、茶房、兵丁住房、铺房则多达一千九百七十三间，当然还配置有花园等设施。康熙原想把被圈禁的废太子移到郑家庄去软禁，这样一方面可以改善他的待遇，另一方面又减少了他留在宫里图谋不轨的危险，而且行宫正位于每年木兰秋狝的途中，经常途经驻跸，方便严密监视废太子，兼以广置城楼兵丁，那王府实际上不过是座豪华监狱罢了。

康熙生前未及实施这一计划，雍正即位后很快废太子就死于宫中，于是他就让弘皙住了进去。雍正大概觉得废太子这一支对他而言已非什么威胁，像八阿哥、十四阿哥都远比弘皙更“野兽凶猛”，所以放松了对郑家庄的监视。到乾隆四年（1739）时，乾隆惊悚地发现，弘皙居然在郑家庄设立了小朝廷，“擅敢仿照国制，设立会计、掌仪等七司”，这还了得！而且令乾隆震撼与伤心的是，查出的同盟者竟是这样的一个名单：主谋弘皙外，有庄亲王允禄及他的两个儿子，怡亲王允祥的两个儿子，恒亲王允祺的一个儿子。有证据显示，他们甚至密谋要在乾隆出巡时布置刺杀，然后由弘皙“以正帝位”！

乾隆不动声色地处理了这一险恶万分的政治危机。粉碎政变阴谋后，他并未全盘公布逆党的罪状，摆到明处的只不过是些无关痛痒的罪行，对弘皙的处置也只是削籍圈禁在景山东果园。三年后，弘皙病死在了那里。其余的从犯处置得也都不算重，个别圈禁，有的只是削爵，有的仅是停俸。但这是对皇族政治犯的处置，牵涉其中的一般官员，特别是像曹頫那样的包衣家奴出身的内务府人员，则是绝对的严厉无情。处理完此一事件后，乾隆授意销毁了相关档案，因此有关弘皙等皇族罪犯的文字材料只剩些零星片段，而像曹頫一家牵连进去后的败落，竟全然失却了轨迹。

6

乾隆八年（1743），一位著名的诗家屈复写了一首怀念曹寅的诗，末两句是：“诗书家计皆冰雪，何处飘零有子孙？”他不知道，曹寅有个孙子叫曹雪芹，那时虽然沦落至社会底层，却已经开始酝酿、着手撰写不朽的巨著《红楼梦》。

《红楼梦》是一部小说，小说的文本当然离不了虚构成分，但鲁迅先生在《中国小说史略》里这样概括《红楼梦》的写作特点：“盖叙述皆存本真，闻见悉所亲历，正因写实，转成新鲜。”这是一把打开《红楼梦》文本的钥匙。

《红楼梦》是把康、雍、乾三朝的皇帝综合在一起来写。实际上，在康熙废黜太子之前，人们的感觉就是二君并存，康熙后来也说过太子的仪注已“俨然二君矣”；那时朝臣在奏折里向皇帝请安时，也会同时向太子问安，谢过皇帝的恩，循例要再去向太子谢恩，因此《红楼梦》在“贾元春才选凤藻宫”一回里写到，贾政谢过皇恩后，“又往东宫去了”。

前十几回，曹雪芹写了秦可卿的故事，写成后脂砚斋让他删改，他遵从了。值得注意的是，删改后的文本里暗场出现了“义忠亲王老千岁”，他本来从皇商薛家订了“出在潢海铁网山”的“樯木”，准备作自己的棺材，却因“坏了事”没能拿去，结果那“樯木”被做成了棺材，秦可卿睡了进去。秦可卿的卧室里充斥着皇家符码的奢侈物品，她被最挑剔的贾母视为“乃重孙媳中第一个得意之人”；她病得很古怪，来了个张友士给她诊病，正文里称张是“上京给他儿子来捐官”的，回目里却大书“张太医论病细穷源”。据史料记载，废太子被圈禁时，曾利用太医来给福晋诊病的机会，将矾水书写的密信托太医带出，与外面的人联系；九阿哥被远逐青海时，也曾利用从西方传教士那里学得的拉丁文写成密信，与京城的同党密商。小说里“张太医”给秦可卿开出的药方，以及跟贾蓉说的那些黑话，未必不是在秘密传递某种政治信息；进了京城的张友士不敢再说自己是太医，但回到另立朝廷的地方，那可能就是名副其实的太医吧。第七回写及“送宫花”，回前诗曰：“十二花容色最新，不知谁是惜花人。相逢若问名何氏，家住江南姓本秦。”她竟是与“宫花”最有缘分的“惜花人”。是曹雪芹原来要把她设计为从江南苏杭一带来到都中的，还是根据其原型有所影射？细究，则郑家庄所在清时称祁县，“秦”或谐“祁”音。现在彼处稍北尚有“秦城”的地名，而且均在白河（当年水旺如江）之南；再，古抄本里，“林之孝”有由“秦之孝”点改痕迹（清时有王爷将自己家的仆人赠予他人之例），凡此种种，都值得玩味。第八回关于秦可卿是小官吏从养生堂抱养的野婴的交代，显然是曹雪芹听从脂砚斋的建议而打的一个“补丁”。很可能，秦可卿的原型是废太子的女儿、弘皙的妹妹，为避祸才匿养于曹家的。

“义忠亲王老千岁”既废，曹家怎么还敢收养其女，娶为“重孙媳妇”？几十年来，他们的关系实在太深厚了。太子未废时，其乳父凌普随时到江宁织造府取银子，简直把曹家当成了太子的银库（姻亲苏州织造李煦家也一样）。仅太子被废前的三年里，就派人从曹家和李家取银共达八万五六千两之多。经济联系的背后，当然也就是政治利害，太子及其羽翼希望他们效忠到底，他们也会觉得终究还是太子扶了正对自身最有利。熬过雍正朝的艰难时期，曹家在乾隆朝枯木又逢春，但又有郑家庄“正王位”的可能。于是，反映到《红楼梦》里，第四十回“金鸳鸯三宣牙牌令”，就出现了“双悬日月照乾坤”的令词。这本是唐代李白的诗句，说的是唐肃宗在乱中自己即帝位，而唐玄宗彼时还没让位于他的一段史实。在太子储位稳固时，曹家就有二君并存的感觉；进入乾隆朝后，因为郑家庄的另立小朝廷，弘皙俨然“根正苗壮”地要“正位”，就更让人感到是“双悬日月照乾坤”了。但天无二日，日月也不能长久并悬，曹家怎么抉择呢？《红楼梦》八十回后，估计曹雪芹会加快节奏，写到贾府终于进退失据，从“处处风波处处愁”，发展到“忽喇喇似大厦倾，昏惨惨似灯将尽”，“树倒猢狲散”，“家亡人散各奔腾”，“好一似食尽鸟投林，落了片白茫茫大地真干净”！

于是我们也就明白了第十三回王熙凤梦里秦可卿向她念的谶语“三春去后诸芳尽，各自须寻各自门”的准确含义了：曹雪芹以自家从乾隆元年到乾隆三年享受了三个美好的春天为素材，写成了《红楼梦》前八十回的大部分内容。“三春去后”，到了乾隆四年（1739），弘皙案发，于是“春梦随云散，飞花逐水流”。自“帐殿夜警”起的三十年曹家兴衰史，临近了一个湮灭的终点。真本八十回后，无论曹雪芹是否已经写出，可想而知，其构思也绝非高鹗伪续里的那些内容。

7

康熙在一废太子时痛陈其罪，除“帐殿夜警”外，还罗列了许多罪行，如“肆恶虐众，暴戾淫乱，难出诸口”，在随扈行巡时“同伊下属人等，恣行乖戾，无所不至，令朕赧于启齿”，“穷奢极欲，逞其凶恶……今更滋甚，有将朕诸子不遗噍类之势”，等等。虽是暴怒中的言词，未免夸张，但大都有根有据，隐忍多年，绝非临时拼凑。胤礽许多恶行是在光天化日、众目睽睽之下大摇大摆地干出来的，如鞭挞王公大臣，辱骂老师，婪取财货，搜集的古玩珍奇比康熙还多还精……也有一些行径，如随康熙南巡期间私自作狭邪游，接受讨好者馈赠的美女，交好优伶等，即康熙所“赧于启齿”的。他虽不愿公开，但也并不以之为耻，似乎还有他自己的一番“道理”。

曹雪芹不可能见过这位废太子，只能从父辈那里或经由传言听说“帐殿夜警”及其他种种，想象出一个性格复杂的胤礽形象。也许，抛开政治视角与当时社会主流的伦理道德观念，换另一种眼光来审视，会对其人其事有新的解释。在《红楼梦》第二回里，曹雪芹借贾雨村对冷子兴发议论，提出了一个解释复杂人格的“秉正邪二气”说。这种由正邪二气“搏击掀发后始尽”而铸成的男女，“在上则不能成仁人君子，下亦不能为大凶大恶。置之于万万人中，其聪俊灵秀之气，则在万万人之上；其乖僻邪谬不近人情之态，又在万万人之下。若生于公侯富贵之家，则为情痴情种；若生于诗书清贫之族，则为逸士高人；纵再偶生于薄祚寒门，断不能为走卒健仆，甘遭庸人驱制驾驭，必为奇优名倡”。然后他一连举出了近三十个历代人物，其中有三位是皇帝（陈后主、唐明皇、宋徽宗），他们都是政治上的失败者，可是从另外的角度看，他们又未必是失败者，他们都有过诗意的生存。曹雪芹在《红楼梦》第三十三回写了贾政因为贾宝玉“不肖种种”而大施笞挞。贾政的痛恨愤怒是真诚的，也是有根据的，在他看来，宝玉的“在外流荡优伶，表赠私物”，“在家荒疏学业，淫逼母婢”，发展下去，定会“弑君杀父”，所以父子恩绝，气得非活活将其打死不可。可是我们读了曹雪芹对宝玉与蒋玉菡、与金钏的相关描写，会发现这位“秉正邪二气”的青年公子原来有着自己独特的生命追求，他不但没有恶意虐人的动机，还觉得自己是在诗意中徜徉。

读了《红楼梦》，再来回思胤礽“帐殿夜警”一事，我们应该对人性有更深刻的憬悟吧。

2002年11月4日至5日

写于温榆斋

关于“月喻太子”的通信

周汝昌致刘心武

心武贤友：

日昨蒙你相告，方知我们得奖了，好比暑天中一阵清风，醒人耳目头脑。不知评委是何高人，寥寥数笔，不多费词而点睛全活了。那评词无一丝八股气，我所罕见，岂能不感慨系之！此非三言五语所能尽也。

今思上次拙札已指“桂子月中落，天香云外飘”，“天香”十分重要，但“月”在《红楼》中尤为奇特：大约太子胤礽以“日”比其父皇，而以“月”自居，他咏月诗明示此义，所以“月中落”是个要害之寓词（我现甚至连贾雨村“天上一轮才捧出，人间万姓仰头看”也觉得绝非他所能承当，应也是隐喻太子——皇长孙弘皙吧）。又，“义理”是个古词语，故“义忠亲王老千岁”者是说他封为理亲王也；他又谥“密”，故又用“穆”字——“穆”变音协韵正如“密”（《荀子》有例）。这样仍可证实：可卿乃太子之幼女，弘皙之弱妹，乃“公主”身份也。

薛家为老千岁采购“樯木”。已衰的薛家是“太子党”，而弘皙另立内务府七司人等，薛家必为“旧人”当选——其余贾（原型曹）、王、史（原型李）三家既“一荣皆荣、一损皆损”，当然是为“一案”“同党”之人了。“护身符”似是太子待令之时的遗语、遗势。

因此又想：元春是谁的妃？是否本来选的是弘皙妃，而后为弘历取入宫中的？“二十年来辨是非”，一本作“辨是谁”。太子诞辰是五月初三日，元春特命五月初一至初三打平安醮者，岂有隐义乎？（胤礽有咏榴诗，非常重要。）

又，湘云的牙牌令，再三用皇家典（日月、日边红杏、御园却被鸟衔出）。莫非此皆与“太子系”相关乎？盖雪芹一家人等心目、观念中，真皇上还是太子，而雍正乃坏人奸谋政变，根本“不承认”耳！

近些时积存了上述想法，不知有“合理成分”否？

奖之中耳，是个标志性纪念品，真正意义在于这是文化学术界的第一次以公开评奖形式给了我们（基本论点和治学路向）以肯定和高层次评价。那位评委不知是谁，我深感佩。《文汇》影响不小，是很大的鼓励。恕我目已不能见字，你的新书《画梁春尽落香尘》连“大”标题字也看不清了，全部文章很想重读一过（包括已知、未见者），但已无办法，甚为叹气惆怅。真想请一“读听工”每日给我念一段，给点报酬，但哪有这种合适之人。又及。

寄心武贤友志贺（蕲览） 汝草

奖座诚滋愧，评坛已脱凡；
灵光乘电悟，理据律军严。
天桂中秋落，宫榴五月含；
与君同自勉，贺盏为芹醴。

希望你写（也许已然在写）一部小说——从太子胤礽的降生到雪芹的去世。不是为了“清代史”，也不是简单化的“图解”《红楼梦》，是为了解说人性、人生的大悲剧，即雪芹提出的“两赋”的先天灵气和历史条件加之于他的后天环境、遭遇、命运，这小说应胜过莎翁的《哈姆雷特》等等。然后拍一部好电影。希望你把一部分精力放在这个主题上，是值得的。

癸未七月廿六

友周汝昌书

刘心武致周汝昌

汝昌前辈：

“长江杯”笔会征文能给我们关于“樯木”的通信褒奖，确实是对我们红学研讨的极大鼓励。这又再次说明红学是一个公众共享的话语空间，嘤嘤求友，呢喃回鸣，任何一位“浮续中华文化的一脉心香”的发言者与聆听者，都能到这个空间里撷取灵感的花枝，获得审美的怡悦。

您的目力已坏到一眼全盲一眼视力仅0.01的严重程度，却仍频繁地执笔来信，虽然所写出的比蚕豆还大的字往往歪斜、重叠、分裂、缺笔，但我和助手仍把辨认您的每一个字当作极大的乐趣，因为那实际是一次次在中华文化的雨露中沐浴，特别是您无私地将自己掌握的资料、形成的思路以及尚未及面世的研究成果通通告知我，启我思路，任我利用，实在令我感激莫名！

曹家从曹寅、曹颙到雪芹，三代人与康熙两立而又两废的太子胤礽，以及胤礽的儿子弘晳之间的扯不断、理还乱的关系，影响着他们家族的命运，决定着家族中每一个人的沉浮，在他们的心理、感情上投下巨大的光影。现在看来，研究《红楼梦》，必须进入这一领域，否则很难把握这部大书的创作背景，更很难把握曹雪芹的创作心理，也就很难把这本书读懂、读通、读顺。这样做绝对不是“离开文本”去“多余枝蔓”或“烦琐考证”，恰恰是尊重文本、探求真谛。

比如您这回来信中关于“密”“穆”二字协音相通的内容，有的人可能莫名其妙，哪来的“穆”字啊？原来他看的是根据程伟元、高鹗篡改过的本子印行的《红楼梦》，林黛玉进荣国府，先看到“赤金九龙青地大匾”写着斗大的三个字“荣禧堂”，这分明是利用了康熙当年南巡时给曹家题“萱瑞堂”的生活素材，这个不犯忌，程、高当然不改；但跟着写到林黛玉又看见一副比“金”低一级的錾“银”对联“座上珠玑昭日月，堂前黼黻焕烟霞”，真本《红楼梦》里曹雪芹明明白白交代下面一行小字是“同乡世教弟勋袭东安郡王穆莳拜手书”，这实际上是点明了太子身份，程、高立刻紧张起来，马上大笔一挥，改为了“衍圣公”云云。可见不研清史，不研曹家家史，又不研究中国传统文化中“穆”“莳”等字可以喻示的含义，怎么读得懂《红楼梦》呢？究竟谁的读法是“脱离文本”呢？助手帮我录入您的来信时问“元春……后为弘历取入宫中”一句里，“取”是否为“娶”的笔误？我告诉他不是。弘皙和弘历是堂兄弟，康熙在世时，他们都是从少年往青年过渡的年龄了，那时候那样的年龄已经可以成婚，正配可以说“娶”，姬妾则说“纳”。弘皙原来选了元春的原型为“妃”，他本是“预备皇帝”的儿子，作为皇长孙，康熙很看好他，也就是说他本来早晚会当皇帝，谁曾想他父亲“千岁”却“坏了事”，他当然也就连坐，原来内务府给他选定的“妃”，他无缘享受了，而弘历则可以“取用”。那时那样的女性就是那样地被视为可以“取用”的物品，了解了这种状况，当然有利于进一步理解《红楼梦》里对元春这个艺术形象的塑造。

您上次来信告我，胤礽咏雪月诗有句“蓬海三千皆种玉，绛楼十二不飞尘”，认为与《红楼梦》有明显的互映关系，确实值得注意。曹雪芹诞生不久胤礽就去世了，但弘皙那时正当壮年。因为雍正靠阴谋上台后觉得所面临的劲敌已不是废太子这一支，所以把弘皙放到北郊郑家庄软禁。但那软禁的住所是康熙时让修筑的，光大小房屋就有一百八十九间，足够在雍正暴死乾隆上台后成为一个另立内务府七司蓄谋政变的阴谋空间。曹家和弘皙很可能保持着千丝万缕的联系，长一辈把胤礽的故事及其诗作偷偷地灌输给晚辈；在雍正朝初期遭抄家败落而又在乾隆元年（1736）得到起复中兴的曹家，在那样的时空里，确实面临着“双悬日月照乾坤”的政治局面。“日”是乾隆，因为其父是阴谋上台，所以许多皇族心目中他仍是“伪日”；而“月”呢，意味着康熙亲定的接班人胤礽及其子弘皙。现在我们可以把《红楼梦》读得更懂，全书以中秋始，以七十五回的肃杀中秋为转折，估计结尾也在中秋，那该是凄楚的“月落”；第一回贾雨村口占的“天上一轮才捧出，人间万姓仰头看”，深层的意思是把全书开篇的整个政治局面做了一个透露：弘皙就要上台了！

“月喻太子”（“太子”的含义包括胤礽和弘皙），这是我们最新的研“红”感悟，应该以全新的角度来重读《红楼梦》中关于“月”的情节、诗句，探究曹雪芹写下这些文字时的显意识与潜意识，也就是他的创作心理与文理情脉。如凹晶馆黛、湘联诗，“乘槎待帝孙，虚盈轮莫定”两句，有的抄本没有，原来以为是抄手疏忽所漏，现在则觉得“帝孙”分明是指弘皙，面对这样的“碍语”，难怪有的抄手将其删去。“三春去后诸芳尽，各自须寻各自门。”从乾隆元年到乾隆三年，是“月”即弘皙图谋颠覆而终被乾隆刈除，被定为“弘皙逆案”的情势万分紧张的“三春”，“诸芳”的悲剧因此也就绝不是什么单纯的爱情悲剧，是脆弱的生命花朵在诡谲的大情势中无法逭逃的凋零悲歌。

您的建议非常好。实际上我已写了逾万字的

《帐殿夜警》，把胤礽、弘皙的起落与曹家的盛衰交织在一起，去探究命运与人性，可以算是一个长篇小说的提纲。我将继续在这方面努力。

即颂秋祺！

晚辈　刘心武

2003年8月27日

精华欲掩料应难

香菱学诗，黛玉命她吟月，第一首起句为“月挂中天夜色寒”，黛玉批评“意思却有，只是措词不雅”；第二首结句为“余容犹可隔帘看”，宝钗批评“不像吟月了……句句倒是月色”；第三首“精血诚聚”，梦中得句，起首两句为“精华欲掩料应难，影自娟娟魄自寒”，众钗异口同声称道。

我与周汝昌先生在通信中达成了共识：《红楼梦》中，月喻太子。这太子既是指“义忠亲王老千岁”，又是指“犯斗邀牛女，乘槎待帝孙”的那个“帝孙”。《红楼梦》里“坏了事”的“义忠亲王老千岁”，生活中的原型就是被康熙两立两废的太子二阿哥胤礽，“帝孙”的原型则是康熙的嫡孙、胤礽的儿子、乾隆的堂兄弘皙。乾隆曾说弘皙“自以为旧日东宫之嫡子，居心甚不可问”，是最好的注脚。“金鸳鸯三宣牙牌令”，湘云道出的“双悬日月照乾坤”“御园却被鸟衔出”，点明了康、雍两朝的皇位争夺，到了乾隆元年至三年仍在继续，并愈趋激烈。“三春争及初春景”“勘破三春景不长”“将那三春看破，桃红柳绿待如何？”“三春去后诸芳尽，各自须寻各自门”“三春事业付东风，明月梅花一梦”，曹雪芹在《红楼梦》里一再点醒读者，乾隆元年是最美好的岁月，然后一年不如一年，而灾难就在“三春去后”的那个“四春”，也就是“弘皙逆案”爆发与被扑灭的那一年，那该是已佚的八十回后故事的时间起点。

书中薛家是世代皇商，曾为“义忠亲王老千岁”准备樯木，以为死后棺木。第四回说薛蟠“现领着内帑钱粮，采办杂料”，带着母亲、妹妹进京，妹妹宝钗拟“以备选为公主、郡主入学陪侍，充为才人赞善之职”。值得注意的是这里行文，不甘只说“公主”，特别提出了“郡主”，郡主是太子、亲王家的女儿，“才人”虽然是以往宫中女官名，但清代却并无此官名，而“赞善”则是清代太子宫中确有的官名，可见“公主”“才人”是陪文，“郡主”“赞善”是实文，源于真实的生活存在。薛家的原型是跟废太子关系极密切的皇商，废太子死后，又与以康熙嫡长孙自居的弘皙一党关系密切，书中的冯唐及其子冯紫英、张友士、韩奇、陈也俊、卫若兰等都属于这一政治集团。薛蟠的原型应是被预谋起事的弘皙召唤进京的内务府旧人（当年康熙宠爱太子至极，为让太子取物方便，任命太子奶妈的丈夫凌普为内务府总管）。弘皙当时在京北郑家庄理亲王府里按宫中编制设立了包括内务府在内的七司，“精华欲掩料应难”，俨然是谁也阻拦不住的登基前的气派。书中写薛蟠打死人后满不在乎，正是那原型被“潜龙”弘皙召唤进京，只等“天上一轮才捧出，人间万姓仰头看”的心态，而宝钗的原型，则正是要被家里送到郑家庄弘皙那里去的一位青春女性。

《红楼梦》第一回至第十六回（包括第十七、十八回一部分）写的都是乾隆元年以前的事情，但时序上不是那么清晰，大体而言，是雍正、乾隆两朝交替的情况，并且把乾隆元年贾家的生活原型曹家的一些状态前挪了。我的“秦学”研究，就是对这部分里关于秦可卿的描写进行原型分析。原型分析不能跟索隐画等号。我认为索隐也不能一概否定。《红楼梦》研究应该是多元的、开放的、宽容的。我虽然使用了“解读”“破译”“谜底”等字眼，但我的探究方式不是索隐，而是原型研究。原型研究是一种文学研究模式。像研究英国狄更斯《大卫·科波菲尔》的自传性、俄国列夫·托尔斯泰《复活》里聂赫留朵夫和玛丝洛娃的生活原型、巴金《家》里面的觉新的生活原型……都是我们耳熟能详的例子。我的“秦学”研究的成果，就是发现秦可卿这个艺术形象的生活原型，是废太子胤礽之女、弘皙之妹。

《红楼梦》第八回末尾关于秦可卿出身的交代，

曹雪芹故意使用了“欲盖弥彰”的手法。在以往的文章里我还没有更充分地利用脂批，现在再做些补充。第八回那段我称为“补丁”的文字，脂砚斋批得很细。甲戌本夹批：“出名秦氏，究竟不知系自何氏，所谓‘寓褒贬，别善恶’是也。秉刀斧之笔，具菩萨之心，亦甚难矣。如此写出，可见来历亦甚苦矣。又知作者是欲天下人共来哭此情字。”在正文说秦可卿“生的形容袅娜，性格风流”后批：“四字便有隐意。‘春秋’字法。”更可注意的是戚序本第十三回有首回前诗：“生死穷通何处真？英雄难遏是精神。微密久藏偏自露，幻中梦里语惊人。”我的解读是：秦可卿的父亲“义忠亲王老千岁”“坏了事”，她可能刚落生而未及被宗人府登记入册，就被宁国府因祖上的情谊收留藏匿，贾敬因此惧祸跑到城外道观再不回府。秦可卿名分上是贾蓉的媳妇，却与贾珍真诚爱恋。秦可卿谐音“情可轻”，意思是“如此感情真不该看重而该轻掷”。一般人注意的仅是秦可卿与贾珍、宝玉的非分恋情，而没注意到这实际上更是指将给贾氏家族带来大祸的“政治情谊”。“宿孽总因情”，所以第五回关于元春的《恨无常》曲强调“天伦呵，须要退步抽身早”！但贾氏对“义忠亲王老千岁”这支政治势力一直进行政治投资，贾母也很重视与他们的情谊，视秦可卿为“重孙媳中第一个得意之人”。按曹雪芹的总体构思，宁国府收养秦可卿是后来贾府倾毁的最根本的原因，第五回里一再暗示“漫言不肖皆荣出，造衅开端实在宁”“箕裘颓堕皆从敬，家事消亡首罪宁”。

“微密久藏偏自露”，已经再明白不过地告诉我们，所谓养生堂抱来的野种云云，在秦可卿以凌驾于贾府之上的口气托梦与王熙凤时，已经“自己露馅”，虽然“微密久藏”，究竟还是遮掩不住其真实身份——废太子的女儿。她“叶落归根”地睡进了本来是为其父准备的樯木制成的棺木里。原型研究不仅要研究艺术形象的生活原型，也要研究艺术情节的事件原型。贾元春才选凤藻宫，与秦可卿死封龙禁尉，是紧密相关的小说情节，而生活中的事件，是贾元春的原型——曹雪芹家族里的一位姐姐，被选到弘历府里以后，被弘历宠爱，自然也就站到了弘历的立场上，希望弘历能顺利登基。雍正暴毙后弘历果然登基。这时弘历的堂兄弟弘皙以康熙的嫡长孙自居，对父亲的被废，特别是雍正的即位不服，皇室宗族里不服者大有人在，甚至某几位被雍正施恩看重的王爷及其儿子，也认为还是弘皙当皇帝更名正言顺。这种情势下，元春的原型站在弘历即乾隆一边，为其防备不测，是再自然不过的事情。于是她回忆起二十年前，那时她大约才五六岁，但已记事，宁国府里抱来了秦可卿，说是某种出身，但越跟着观察越不像，她“二十年来辨是非”，终于得出其“微密久藏”的真相，于是向乾隆揭发了出来。她一定请求乾隆在处决秦可卿的原型后宽恕她娘家人的包庇罪。乾隆是大政治家，也确实喜欢元春的原型，就一方面让秦可卿的原型死，一方面允许贾氏的原型大办丧事，还准许各路亲王与祭，甚至还派出大太监鸣锣张伞地去参祭。秦可卿的“画梁春尽落香尘”，与贾元春的才选凤藻宫，正是两位女性原型在生活真实里的连续性遭际（实质是一场政治交易）。弘皙怎能原谅元春的原型出卖其妹，一定是设法弄死了她。曹雪芹据此事件原型，设计了元春的命运。她虽然表面看来“能使妖魔胆尽摧，身如束帛气如雷”，但最后的下场却是“一声震得人方恐，回首相看已成灰”。第五回更具体地暗示她将“虎兕相逢大梦归”，“喜荣华正好，恨无常又到。眼睁睁，把万事全抛。荡悠悠，把芳魂消耗”，而且是在“望家乡，路远山高”的地方。高鹗续书，写成元春是很富贵地在宫里因“痰疾”而薨，又把“虎兕相逢”当作“虎兔相逢”，乱写一通什么“是年甲寅十二月十八日立春，元妃薨日是十二月十九日，已交卯年寅月”云云。

刘梦溪在其《红楼梦与百年中国》一书中列《红学“死结”》一节，其中“四条不解之谜”的头一条就是第五回里关于元春的判词：“二十年来辨是非，榴花开处照宫闱。三春争及初春景，虎兕相逢大梦归。”他认为“第二、三句不难解释，主要是一、四两句”。其实第二句也不是那么简单。

一般认为石榴是多子多福的象征，宫闱里种石榴树，花开灿烂，意味着那被皇帝宠爱的女性有可能为皇帝生下儿女。但我们不能把这第二句看成一种泛语，作为元春原型的那位女性，究竟有没有怀孕生产，这是值得探究的。最近周汝昌先生发现了废太子胤礽的存诗里有吟榴花的诗，认为值得玩味。他设想元春的原型可能是先分配到胤礽那里，那时弘皙已是少年，更可能是侍候弘皙，因此她对废太子一系的秘事能察觉。胤礽被废，弘皙的待遇也随之削减，元春的原型又被分配去侍候弘历（都是康熙的爱孙）。周先生的这一探佚思路值得重视。第六十三回“寿怡红群芳开夜宴”，探春抽到“必得贵婿”的签，众人笑道：“我们家已有了个王妃，难道你也是王妃不成？”有的读者纳闷，贾家的元春不是王妃而是皇妃啊，怎么这么说话？从这很小的地方，可以窥见元春的原型，就是先成为王妃，但老皇帝驾崩了，她跟的那皇子即位，王妃不就成了皇妃吗？王妃、皇妃完全可以指同一个人，就像书里的“太妃”“老太妃”实际上指同一个人一样。

沿此思路，我认为元春的原型被再分配到弘历处不久，就恰逢雍正暴毙弘历即位。第一年也就是“初春”，她最得乾隆宠爱，后来一年不如一年，到第四年就没得好死。这样解读“三春争及初春景”才贴切。有人把“三春”理解成迎、探、惜，把“初春”理解成元春。从第五回的册页判词和与各人相关的曲可以看出，元春的结局非常悲惨，起码要比远嫁的探春和自愿出家的惜春惨多了，她是命入黄泉，而探、惜都还活着，因此如把“春”理解为人物，那就很难说成是元春的命运比她那三个妹妹都好，她也就只好过了迎春而已。元春判词的第一、四句，在我的原型研究中都得到了破解，起码已绝非什么“死结”。

曹雪芹写《红楼梦》，心中有政治，但他努力地摆脱政治小说的格局，去写闺友闺情，为一群花朵般的青春女性树碑立传，写出了贾宝玉对青春女性的珍重怜惜，对诗意生活的不懈追求，对无情的事物也给予关爱的“情不情”。但是，他又通过秦可卿和贾元春这两个角色，忠实于家族和他自己所经历的生活，写出了个体生命无法逭逃于社会，特别是那个时代里笼罩一切的残酷而诡谲的政治风云。这些美丽的青春女性，还有贾宝玉，终究还是毁灭于家族的“政治原罪”，“白骨如山忘姓氏，无非公子与红妆”。这不仅是个人的悲剧，性格的悲剧，更是社会的悲剧，时代的悲剧。“个人是历史的人质”，这一深刻而惨痛的命题，曹雪芹在二百多年前就表达出来了，这确实令我们惊讶，让我们幽思绵绵。

“秦学”探佚的四个层次

汇辑我关于《红楼梦》研究成果的《秦可卿之死》一书（华艺出版社1994年5月出版）甫一推出，争鸣的文章便连续出现。上海陈诏先生的一篇长文发在贵州省红学会的《红楼》杂志1994年第二期，同样的观点，亦见于他为上海市红学会编、上海古籍出版社出版的《红楼梦之谜》一书（1994年1月第一版）所撰写的“答问”中；山西《太原日报》副刊于1994年7月26日刊出了梁归智先生的《探佚的空间与限度》一文，该文副标题为“由刘心武、王湘浩的‘红学’探佚研究想起”。读其文，可知他的“想起”，主要还是由于读了我的一篇文章《甄士隐本姓秦？》(该文已收入《秦可卿之死》一书)。这些争鸣文章，我只恨其少，而绝不嫌其多。关于《红楼梦》，值得我们争论的问题实在太多。最近我在一篇文章里说：“《红楼梦》因其传稿的不完整与其作者身世之扑朔迷离，给我们留下了刻骨的遗憾，也使我们在‘花开易见落难寻’的惆怅中，产生出永难抑制穷尽的‘寻落’激情。我们不断地猜谜，在猜谜中又不断派生出新谜，也许，《红楼梦》的伟大正在于此——它给我们提供了几近于无限的探究空间，世世代代地考验、提升着我们的审美能力！”

关于《红楼梦》中秦可卿这一形象，以及围绕着这一神秘形象的种种问题，是最具魅力的“红谜”。虽然陈诏先生把我的探究说成是“形成了他所谓的‘秦学’”，并称“由于刘心武同志是著名作家，而他的观点又颇新奇动听，所以他的文章引起广泛注意，曾在社会上产生一定影响。但在红学界，很少有人认同他的意见”，却也不得不承认，我提出《红楼梦》中有关秦可卿的现存文本“矛盾百出，破绽累累”，“这个问题无疑是提得合理的，富有启发性的”。梁归智先生也在讲述了他对我的观点的一系列质疑后这样说：“我知道刘心武同志是不会轻易放弃自己的‘秦学’阵地的。那只怕已经成了刘心武同志的一种‘信仰’。”他们二位在提及“秦学”时都未免是“借辞含讽谏”，但我深信红学的这一分支——“秦学”，到头来是能被肯定下来，并繁荣光大的。说我的观点只是“曾产生一定影响”，这个“曾”字恐怕下得匆忙了一点；说“在红学界，很少有人认同”我的观点，以目前情况而言，可能如此，但一种学术观点，其赞同的多寡，并不能说明很多的问题，如果翻看《秦可卿之死》一书由周汝昌先生所撰序言，当知吾道不孤。

我确实非常珍惜陈诏、梁归智等同志的不同见解，“秦学”必得在坦率、尖锐的讨论中发展深化。我此刻心情正如商议结诗社的贾宝玉一般，要说：“这是一件正经大事，大家鼓舞起来，不要你谦我让的。各有主意，自管说出来大家平章！”

我且不忙针对梁、陈二先生对我的质疑、批驳逐条申辩，而是先把我们之间的误会排除，这也是我希望所有关心这一讨论的人士弄清楚的。

我对秦可卿这一形象及相关问题的研究，严格来说，并不完全属于探佚学。“秦学”不仅要探佚，还要牵扯到曹学、版本学、文本学乃至创作心理学等各个方面，它其实是红学诸分支间的一个边缘学科。但为讨论起来方便，我们姑且将其纳入探佚的范畴。

在我来说，这个“秦学”的探佚空间有四个层次。第一个层次，是《红楼梦》的“文本”（或称“本文”）。众所周知，现存的《红楼梦》前八十回里，秦可卿在第十三回就死掉了，是“金陵十二钗”里唯一一个在公认的曹雪芹亲撰文稿里有始有终的人物。可是，又恰恰是这一“钗”，在现存文本里面貌既鲜明又模糊，来历既有交代又令人疑窦丛生，性格既在行为中统一又与其出身严重不合，叙述其死因的文字更是自相矛盾、漏洞百出。幸亏我们从脂砚斋批语里得知，形成这样的文本，是因为曹雪芹接受了脂砚斋的建议，出于非艺术的原因，删去了多达四五个双面的文字，隐去了秦可卿的真实死因；并可推断出，在未大段删除的文字中，亦有若干修改之处；并很可能还有因之不得不“打补丁”的地方。因此，“秦学”的第一个探佚层次，便是探究未删改的那个《红楼梦》文本究竟是怎样的。在这一层的探究中，有一个前提是非常重要的，就是曹雪芹对涉及秦可卿的文本的修改，是出于非艺术的原因，而非纯艺术的调整。那种认为秦可卿的形象之所以出现上述矛盾混乱，系因曹雪芹将其从《风月宝鉴》旧稿中演化到《石头记》时，缺乏艺术性调整而造成的说法，我是不赞成的。显然在一度已完成的《石头记》文本中，秦可卿的形象是相当完整、统一的。现在的文本之所以矛盾混乱，除了出于非艺术考虑（避文字狱）的删改，还在于第八回末尾的那个关于她来自“养生堂”的“补丁”。这是症结所在。概言之，“秦学”探佚的第一个层次，便是探究“在原来的文本里，秦可卿的出身是否寒微”。我的结论是否定的，并对此做出了相应的推断。

第二个层次，是曹雪芹的构思。从有关秦可卿的现存文本中，我们不仅可以探究曹雪芹曾经怎样写过秦可卿，还可以进一步研究他曾经怎样打算过。我关于甲戌本第七回回前诗的探究，便属于这一层次的探佚。我认为这首回前诗里的“家住江南姓本秦”（脂批中还出现了“未嫁先名玉，来时本姓秦”的引句）起码显示出，曹雪芹的艺术构思里一度有过的关于秦可卿真实出身的安排。我还从关于秦可卿之死与贾元春之升的对比性描写及全书的通盘考察中，发现曹雪芹的艺术构思中，有让秦可卿与贾元春作为祸福的两翼，扯动贾府盛衰荣枯，安排情节发展的强烈欲望，但后来写成的文本中，这一构思未充分展示。我把已明确写出的文字，叫作“显文本”，把逗漏于已写成的文本中但未能充分展示的构思，称为“隐文本”，对“显文本”的探佚与对“隐文本”的探佚相互联系而又不在同一层次上。因之，其“探佚的空间与限度”自然也就不同。我希望今后与我争鸣者，首先要分清这两层“空间”。

第三个层次，是曹雪芹为什么要这样写、这样构思。这就进入了创作心理的研究。我们都知道《红楼梦》绝非曹雪芹的自传与家史，书里的贾家当然不能与曹家画等号；但我们又都知道，这部书绝非脱离作者自身生活经验的纯粹想象之作、寓言之作（当然那样的作品也可能获得相当高的审美价值，如卡夫卡的《万里长城建造时》）。我们不难达成这样的共识：《红楼梦》并非一部写贾家盛衰荣枯的纪实作品，但其中又实在熔铸进了太多作者“实实经过”的曹家及其相关社会关系在康、雍、乾三朝的沧桑巨变。因此，我们在进入“秦学”的第三个层次时，探究当年曹家在康、雍、乾三朝如何陷入了皇族间的权力争夺，并因此终于弄得“家亡人散各奔腾”“落了片白茫茫大地真干净”，从而加深理解曹雪芹关于秦可卿的构思和描写，以及他调整、删改、增添有关内容的创作心理的形成，便很有必要了。这个层次的研究，当然也就跨入了曹学的空间。比如说，我认为，曹雪芹最初写成的文本里，是把秦可卿定位为被贾府藏匿的“类似坏了事的义忠亲王老千岁”的后裔的（注意我说的是“类似”，而非必定为“义忠亲王老千岁”·支）。根据之一，便是曹家在雍正朝，为雍正的政敌“塞思黑”藏匿了一对逾制的金狮子。陈诏先生对此很不以为然，他说：藏匿金狮子尚且要惹大祸，何况人乎？因此，隐匿亲王之女“在现实生活中是绝对不可能的事情”。我以为他“绝对”二字下得太绝对化了。诚如他所说，清朝宗人府是要将宗室所有成员登记入册的，即使是革退了的宗室，也给以红带，附入黄册。但康熙五十二年（1713）四月，在命查“撤带”革退宗室给带载入《玉牒》，以免湮灭的行文中，便有这样的说法：“再宗室觉罗之弃子，今虽记蓝档内，以宗人府定例甚严，惧而不报，亦未可定”，并举实例：“原任内大臣觉罗他达为上驷院大臣时，因子众多，将弃其妾所生之子，包衣佐领郑特闻之，乞与收养，他达遂与之……”可见规定是规定，即使是皇帝亲自定的，也保不齐有因这样那样的缘故暗中违忤的。我对秦可卿的真实身份是一被贾府藏匿的宗室后裔的推断，根据是曹家在那个时代有可能做出此事的合理分析。因为谁都不能否认，曹家在康熙朝交好的诸皇子中，偏偏没有后来的雍正皇帝，却又偏偏有雍正的几个大政敌，这几个政敌“坏了事”，自然会牵连到曹家，曹家巴不得他们能胜了雍正。曹家后来感到大势已去，竭力巴结雍正，也还暗中与那几个“坏了事”却也并未全然灰飞烟灭的人物及其党羽联络，多方面政治投资，也是很自然的。希望随着有关曹家的档案材料的进一步发现，秦可卿与贾元春这两个重要人物的生活原型能显露出来，哪怕只是云中龙爪、雾中凤尾。

第四个层次，是曹雪芹创作《红楼梦》的人文环境。《红楼梦》不是一部政治历史小说，曹雪芹明文宣布他写此书“毫不干涉时世”，他也确实努力摆脱政治性的文思，把笔墨集中在“忽念及当日所有之女子”的情愫上，而且在具体的文本把握上，淡化了朝代特征、满汉之别、南北之分，使这部巨著的风格极其诗化而又并非“史诗”。但这部书的创作又偏偏打上了极其鲜明与深刻的时代印记，在在显示出作家所处的人文环境是如何制约着他的创作，而作家又如何了不起地超越了这一制约，在文字狱罪网密布的情况下，用从心灵深处汩汩流出的文字，编织出了如此瑰丽的伟大巨著。秦可卿这一形象，正充分体现出了作者在艰难险恶的人文环境中，为艺术而奉献出的超人智慧，与所受到的挫折，及给我们留下的巨大谜团，以及从中派生出“谜”来的魅力。我最近写成一篇《〈红楼梦〉中的皇帝》，指出《红楼梦》中的皇帝，是跟清朝任何一个皇帝都画不上等号的。另一方面，曹雪芹其实是把对曹家的盛衰荣枯有着直接影响的康、雍、乾三朝皇帝，通过书中一个皇帝对贾家的恩威宠弃，典型化了。探究康、雍、乾三朝皇帝与曹家的复杂关系，是弄通《红楼梦》中关于秦可卿之死的文本的关键之一。比如，为什么秦可卿“画梁春尽落香尘”之后，丧事竟能如此放肆铺张，而且宫里的掌宫太监会“坐了大轿，打伞鸣锣，亲来上祭”，这当然都不是随便构思、下笔的，这笔墨后面，有政治投影。因此“秦学”的空间，也便必须延伸到关于康、雍、乾三朝权力斗争的研究上去，其探佚的空间，当然也就大大地展拓开来。

我感觉，陈诏先生与梁归智先生对我的“秦学”见解的批驳，其中有很大一部分原因，是把我在以上四个层次中的探索混为一谈了，故而令我感到缠夹不清、一言难辩。现在我将“秦学”探佚的四个层次一一道明，庶几可以排除若干误会，使与我争论的人们，能在清晰的前提下，发表不同意见，而与我见解相近者，今后也可更方便地与之讨论。

至于“秦学”研究的意义，我已在若干文章中强调过，兹不再赘。

期待更多的批评与讨论。

樯木·义忠亲王·秦可卿

汝昌前辈：

得您端午大札，蒙您见告：近考“潢海铁网山”所产“樯木”即辽海铁岭山中的梓木；潢水是大辽河的主源，蒙语曰锡喇穆伦（或作楞），河自古北口以北流至铁岭之正北，此处明代设“辽海卫”；铁网山即铁岭甚明，夹一“网”字寓“打围”之义，盖清代在此有大猎场。梓木高而直，故似桅杆也，汉帝以梓作棺名曰“梓宫”，义忠亲王老千岁即取此义，隐喻“帝位”（康熙太子胤礽与其子弘晳）。您说：可卿之殓竟用了“梓宫”之材，此中意味深长。极是。端午大札早悉，迟至今日才回，是因为看了一个月的世界杯球赛，并应邀为报纸特刊写些侃球的文章，都是些速朽的文字，十足的板儿水平——《红楼梦》第四十一回有板儿将手中佛手换来巧姐手中圆柚当球踢着玩的情节——让您见笑了！

大札所示内容极为重要。《红楼梦》第十三回出现的"义忠亲王老千岁"影射胤礽是很明显的。康熙十五年（1676），才十八个月的胤礽由乳母跪抱着完成了册封他为太子的庄严仪式，后来被精心培养，长大成人，康熙外出征战时代理政务，六次陪同康熙南巡。可是康熙四十七年（1708），却在随康熙北狩的御营中被废——这"潢海铁网山"可是"千岁爷""坏事"的地方啊！康熙斥废太子时，有众多皇子及其他权贵在场，即胤礽是在"天潢贵胄"云集的情景下"坏事"的，"潢海"或许也有此层意思；胤礽被废后以铁锁网状绑缚押回京城，当时随行的西洋传教士马国贤在其回忆录中有相关描写，故"铁网山"我以为亦含双关。短短几个月后，康熙二立太子。康熙五十一年（1712）又再次废黜。其间，康熙其他十多个儿子中约有一半卷入了争夺皇储地位的权力斗争，但胤礽始终只是被禁锢，并没有被公开或暗中杀害。如果曹雪芹完全虚构，可以说那樯木的原主已经伏法或者自裁，但他行文却是"原系义忠亲王老千岁要的，因他坏了事，就不曾拿去"，"坏了事"三个字里绵延着康、雍、乾三朝惊心动魄的故事。胤礽在康熙朝就"坏了事"，到了雍正朝，一方面对他严加防范，另一方面因为他已经不是最大和最难对付的政治威胁，雍正也还封他为理亲王。他于雍正三年（1725）病死（起码表面上是病死）后，雍正准许他的儿子弘晳嗣其爵位（为郡王），这在您的《新证》和《文采风流第一人》等著作中都有极详尽的考证。

曹雪芹祖辈、父辈与胤礽过从最密，常被人举出的例子就是胤礽的乳母之夫（乳父）凌普可以随便到曹家取银子，一次就取走过二万两。曹家当然希望胤礽能接康熙的班，即使"坏了事"，因为康熙在最终如何处置他上多次摇摆，究竟是否彻底失去了继承王位的可能，直到康熙咽气前一刻都还难说，曹家肯定不会中断与胤礽一族的联系，还要把宝持续地押在他和弘皙身上。在这种情况下，帮他藏匿财物甚至未及被宗人府登记的子女，一方面可以说是甘冒风险，另一方面也可以说是进行政治投资。您所提供的材料，进一步说明秦可卿这一艺术形象的原型正是“义忠亲王老千岁”的千金，她的睡进“樯宫”，正是“落叶归根”。

《红楼梦》故事的背景已是乾隆初期。乾隆为了缓解雍正当政时皇族及相关各派政治势力间的紧张关系，推行了一系列怀柔政策，曹家是受益者之一，不仅曹頫恢复官职，家境一度回光返照，而且朝中有人——曹雪芹的表哥平郡王福彭是乾隆手下的权臣，所以十几岁的曹雪芹经历了几年温柔富贵乡里的绮梦般的生活。这些史实虽经您一再申诉，但许多人直到今天仍懵懂地觉得“曹雪芹不是在南京很小的时候他家就被抄了吗？他哪来写北京贵族生活的生活体验呢”？其实曹雪芹恰恰是有这“最后的晚餐”的体验的。当然，好梦不长，到乾隆四年（1739）就爆发了“弘皙逆案”。弘皙他们甚至已经搭好了政权班子乃至服务机构（如太医院），据说还使用了明矾水来写密信（表面上看不出，需特殊处理才显露真意）。《红楼梦》第十回，正文里说那张友士是来京城为儿子捐官的，却在回目里称他为张太医，而且开出那么个古怪的药方，这些细节我以为都有一定的生活依据，绝非向壁虚构。实际上弘皙欲成就“老千岁”的“大业”，摆出“影子政府”的姿态，在那时的贵族富豪家中已经不是什么绝密的事情，《红楼梦》第四十回在牙牌令里出现“双悬日月照乾坤”“御园却被鸟衔出”的字样，实非偶然，都是当时那种政治形势的投影。但乾隆毕竟是了不起的政治家，他快刀斩乱麻地处理了这个严重的政治危机，斩草除根却并不大肆宣扬，甚至尽可能不留下什么档案，这就是为什么曹家在那以后究竟是怎么个情况，竟总难找到具体翔实的材料。

一些人总以为雍正五年（1727）曹家在南京被抄后就“落了片白茫茫大地真干净”，其实不然，曹家是在乾隆元年（1736）经历了一番回黄转绿，“三春过后”才终于“树倒猢狲散”的。《红楼梦》前八十回写的并非江宁织造时期的盛况，而是取材于乾隆初期曹家的末世光景，脂砚斋在批语里一再提醒读者“作者之意原只写末世”。所以说，弄明白了乾隆元年到乾隆四年曹家从死灰复燃忽又灰飞烟灭这个写作背景上的大关节，才能真正读懂《红楼梦》。也只有弄明白了乾隆对“义忠亲王老千岁”那不知好歹的余党的深恶痛绝，镇压起来“接二连三，牵五挂四，将一条街烧得如火焰山一般”毫不手软，才能懂得脂砚斋为什么要求曹雪芹将有关秦可卿的故事加以删节，并且故意把她的真实身份隐去，偏说她是从养生堂抱来的野种。

据王士祯《居易录》卷三十一，胤礽在十几岁的时候曾经写过一副对子——“楼中饮兴因明月，江上诗情为晚霞”——大受康熙夸赞。与胤礽过从甚密的曹寅、曹頫很可能常常引来激励子侄们向这位“千岁”学习。在曹雪芹的《红楼梦》里，我们可以看到“嫩寒锁梦因春冷，芳气笼人是酒香”这样的联句（托言宋秦观句，但翻遍秦观文集也找不出来），还有“烟霞闲骨格，泉石野生涯”（托言唐颜鲁公句，亦无根据），其中是不是多多少少有些个胤礽少年联句的影响呢？很可能，曹雪芹对胤礽这个牵动着他家至少三代人命运的神秘“千岁”有着自己独特的理解，在《红楼梦》第二回里，他通过贾雨村之口所说的那种秉正邪二气的异人里，也许就隐藏着一个胤礽。有些人总嫌红学的分支曹学喧宾夺主，其实，把曹家的事情弄清楚，把胤礽这位“坏了事”的“千岁”的事情弄清楚，都是准确把握《红楼梦》文本真情真意的大前提。我的关于秦可卿这一艺术形象的研究，算是红学的一个小分支吧，虽被讥为“秦学”，我却不想改弦易辙，还要继续探究下去。因为我相信，只有把曹雪芹的身世、写作背景，以及他不得不修改秦可卿出身死因的种种具体缘由弄清楚，才能真正读懂《红楼梦》文本，也才能进入深刻的审美境界。

感谢您的一再指教，特别是多次提供资料线索，令我眼界思路大开！

溽暑中望您格外保重！

晚辈　刘心武

拜书

2002年7月12日

附

铁网山·东安郡王·神武将军
——周汝昌致刘心武

心武学友：

昨日收到前日的《今晚报》，我方看到你7月12日写给我的“论红书简”——这“看”字是该加引号的，因为拙目已不能阅报观书了，是家里人念给我听的。

我听了之后，大为高兴，深感你的见解与文笔更为深沉精练，可知日进千里，君子不息。

你这篇书简写得好，内容十分重要。我们对这一问题的讨论，通过相互启发切磋和共识，已然逐渐显示清晰，可说是红学史上一大“突破”。因为，这实质上是第一次把蔡元培和胡适两位大师的“索隐”和“考证”之分流，真正地汇合统一起来，归于一个真源，解开了历时一个世纪的纷争，而解读破译了红楼奥秘。

你引了我信札中的考证收获：“潢海”即辽海，今之辽北铁岭地区，亦即雪芹上世由京东丰润出关落户的地方。薛蟠透露：樯木是他的父亲给义忠亲王“老千岁”（太子也）从家乡带来的。这表明薛家原型也就是铁岭人，都是内务府包衣人，故为“支内帑”做“皇商”之家世。“铁网山”者，即“铁岭”（辽海卫地区）的大围场所在，所以冯紫英才随其父神武将军冯唐到那里去打围行猎——而特别写清是三月下旬启程，到四月底方回，将近一个月，正是京师距铁岭的往返程期，因单程即达一千五百里，素有“里七外八”之谚语，是说关内须走七百里，出关再行八百里之遥也。

我们的共识是秦可卿一案涉及的是废太子胤礽、弘皙一支的史迹，是为清代入关后第一大事，几乎“翻天覆地”，曹家始终卷入此一漩涡而不能自拔——与“王爷级”竟会“同难同荣”，实指非他，即此是矣。

“神武将军”要到铁岭（附近的西丰至今有大围场遗址）去打围，也不是闲文淡话，中有事由。冯家与“仇都尉”家是“对头”，也就是当时政局大斗争中的一个小局面的反映。

如今还要说说你引录的太子胤礽的对联“楼中饮兴因明月，江上诗情为晚霞”，异常重要！我有一种新破解——请看雪芹在书中第三回，黛玉入府，初见“荣禧堂”大匾，是御笔（先皇，康熙大帝也），故云“赤金、九龙、青地”的最高规制。而下面即又特写一副对联，道是：座上珠玑昭日月，堂前黼黻焕烟霞。

我们立刻感受到的是什么？就是此联文藻风格，怎么就和“老千岁”那么相仿！

我想，你必已注意到了，这副联的落款尤为

惊心动目——“同乡世教弟勋袭东安郡王穆莳拜手书”。“同乡”何义？都是辽北之人也。莫忘努尔哈赤破明，第一步是设计诱降了铁岭紧邻的（东南接壤）抚顺，随即攻陷铁岭十几个戍守堡，而腰堡的曹世选（雪芹太高祖）被俘为奴，即在此役中（满洲“大金天命三年，戊午”）。

奇怪的是，小说中写得分明的四郡王是东平、西宁、南安、北静，人人尽晓，哪儿又出来一个“东安郡王”呢？难道是作者“一时疏忽”，致此笔误？那太把雪芹看“扁”了。

这就是特意逗漏重要消息：此是真实的“王爷”，另外一级，不在“四郡”之中。

尤其要注意一点，高鹗篡改雪芹原文，用心精密，他一见这落款，心里就知“了不得”，马上提笔抹去了真文，换上了什么“衍圣公”云云。

你看《红楼梦》的事情，如此之曲折复杂，没有“学”，不知“史”，只论“文”（也只限字面表层最浅一义），如何能读得其中之味，而解悟字里之情呢？

所以你说得最为深透了：很多人总认为我们的研考是节外生枝，是喧宾夺主，是“不务正业”，是“外围离谱”……殊不知，他们正是看不见雪芹的高妙手法，以“荒唐言”来晓示天下后世一段特大的奇闻故事，这事牵连了多少人的生途命途，离合悲欢！所谓“白骨如山忘姓氏，无非公子与红妆”！此种沉痛语言，乍看怎能理解？如果感受到我们研考的主旨精神之后，就会另有体会了吧？

多亏你提示了《居易录》中幸存的胤礽之对联，月与霞，在《红楼》中均有特别重要的意义和地位，这也是一大发现。因此刻笔倦了，留待下次再叙。特表欣佩之意，并祝笔健！

周汝昌拜启

壬午七月初二日入秋之第三日也

注：“东安郡王穆莳”当即指太子胤礽。“莳”有“立也”一义，又有更（改）种（栽）一义，即移植

义。此正合既立又遭废黜的史实。又，太子自古例称“东宫”，此殆即“东安郡王”的隐意更显者。老皇御匾是“赤金”字，而对联特叙是“錾银”字，又正是皇帝与太子的“级别”标志。“穆”是美词、敬称，如《诗经》“穆穆文王”是例，有和厚欣悦等义。

至于神武将军“冯”家，则喻指富察氏马齐、马武家，是康、雍、乾三朝富贵极品之家，故时谚曰“二马吃尽天下草”，“冯”即“二马”隐词。胤礽是索额图的侄女孝成太后所生，索、马皆任内务府总管大臣，又都参与皇子争位，是关键性人物，均曾使康熙震怒而欲置之死地；他们两家与曹家的命运关系至深至切，“冯紫英”是马齐家子弟之佼佼者也。凡此，需专文另叙，今不多涉。

附

刘心武2002年9月16日信

汝昌前辈：

大札早悉，《铁网山·东安郡王·神武将军》

大文也已拜读，因家中事冗，迟至今日方复，心甚不安，恳乞谅鉴！王士祯《居易录》原书未访到。我所据为转引。转引自以下二书：

《康熙朝储位斗争记实》，美国吴秀良著，张震久、吴伯娅译。

该书1979年在美国出版，译本1988年9月中国社会科学出版社第一版。该译本第34页有下列一段文字：……康熙还自豪地提及胤礽的少年有为，他说："其骑射言词文学，无不及人之处。"太子在十几岁时（约在1684年）写过两行难得的对联，足以证明他无愧于父亲的称赞。然后引出对联："楼中饮兴因明月，江上诗情为晚霞。"对联后有注解号，脚注是："王士祯：《居易录》卷31。"

《清朝皇位继承制度》，杨珍著，2001年11月学苑出版社第一版。

该书第193页有下列一段文字：康熙帝对于允礽与一般汉臣的交往，也持鼓励态度。如一次南巡中，康熙帝赐给致仕内阁学士徐嘉炎御书、对联及唐诗后，太子允礽“赐嘉炎睿书博雅堂大字，又一联云：‘楼中饮兴因明月，江上诗情为晚霞。’”并赐睿制诗一首。页下脚注是：“王士祯：《居易录》卷31，第1～2页。”

“楼中……江上……”一联，确实与《红楼梦》中“座上……堂前……”一联太相仿了！何况当年胤礽确实以此给人题写过，估计不止给徐嘉炎一处。

我有中华书局印的王士祯《池北偶谈》，另知上海古籍出版社印过他的《香祖笔记》，《居易录》和《居易续录》不知出过铅排本否？杨珍书后所附参考书目，《香祖笔记》标明铅排本，《居易录》却注明是康熙刻本。倘《居易录》没有影印本和铅排本，则访求不易。《居易录》《居易续录》应尽快访到，以便细阅，也许还会有意外收获。我当努力。上述二书，美国吴博士的似水平一般，但杨珍女士的两本书（另一本是《康熙皇帝一家》）则相当有参考价值。她通满文，能直接阅读满文档案，见解不俗，书中引用资料较丰，附表中有清朝历朝皇子简表，及康熙帝诸女表，很有用。

先就对联一事汇报如上。

颂秋祺！

晚辈　刘心武拜

2002年9月16日

附

周汝昌壬午中秋后二日信

心武学友：

昨（22）接16日来书，喜知所示出处情况。此二书我毫无所闻，只因目不能读，故多年来不看“新书广告”也不买书（买了蜗室已无处可放），其孤陋之状、可笑之境若被“名流”得知，一定大牙笑掉也。此二书即皆专题专著，而且他们又有条件博搜史料，料想此联之外也不见其他记载了（指胤礽之文字）。旧年我曾烦人到郑家庄去“考古”(胤礽所邑，而今恐无遗迹矣)。其师傅熊赐履(熊即为曹玺作挽诗的大学士，十分重要，康熙命曹寅看顾他的晚境……见《新证》所引)文集应重读(昔时不能注意及此)，可惜我已不能而你也不易为此而跑图书馆，徒叹奈何！这段“公案”是破译《红楼》的钥匙，盼你能坚持深入不断研究。兄“枉凝眉”文本想也写写，又虑人家说我二人“对口相声”是“编”好了的，故暂按笔不动，以俟良机。附及。因老伴突然病逝，心情不好，此信草草望谅。

秋日笔健

盲者周汝昌拜上

壬午中秋后

(另纸)

手文心武亦痴人，绿叶红楼境自新。

每见佳篇吾意来，共启尺素托游鳞。

——临缄口占解味草，壬午中秋后二日

张友士到底有什么事?

王蒙在其《红楼启示录》中议论到《红楼梦》第十回后半回时说:“张先生看病一节平平。”并认为曹公写出这么一个人物,是想表现“在医艺上,人们尊敬业余的却不尊敬专业的”等等“认识价值”,整个张先生给秦可卿看病一节文字,因找不到内存契因的解释,故而是一种“富有游戏性”的写法,“有一种特殊的间离感”。

此说大谬!我认为张友士为秦可卿诊病一回,实在是惊心动魄的一个大关节,哪里是什么游戏性的闲笔,尤其不能以“平平”二字概括其内涵。

我曾撰《秦可卿出身未必寒微》的长文，已刊于《红楼梦学刊》1992年第2辑，并与周汝昌先生就此一重要问题有过通信，亦已发表于1992年4月12日上海《文汇报》。我的意见，是认为曹雪芹写完全部关于秦可卿的故事以后，他的合作者脂砚斋感到这一人物所关联的情节已然构成干涉时世的事实，倘任其保留，流传出去，则必惹出弥天大祸，故而令其把写成的第十三回“秦可卿淫丧天香楼”一节大段整页地删去，直至删去四五页之多，删得伤筋动骨之后，只好被动地打上补丁，在第八回末尾，告诉读者秦可卿竟是一个在小官吏家中长大的从养生堂抱来的弃婴。这当然是一个故意让读者一看便不肯相信的谎言。

据我推测，秦可卿很可能是皇族在权力斗争中，暂时败落的某一方的未及登入户籍的女婴。由于该方与贾府有着鲜为人知而暗中勾连的深层关系，故以小官吏从养生堂抱养后嫁与宁国府贾蓉为妻的幌子掩人耳目，在那里寄顿下来。而秦可卿的家族背景，在那时不仅并未彻底败灭，到故事发展到第十回时，正处于一个要么能转败为胜，要么便再无希望的极为关键的时刻，所以秦可卿焦虑成疾，而贾府中的知情人也都企盼着秦氏的背景能高奏凯歌。正因为秦氏有着如此非同小可的血统身份，贾母才将她视为“重孙媳中第一个得意之人”，她也才浑身显露出比贾府中任何一位女主子都更高贵更娇嫩的“豌豆公主”（丹麦童话家安徒生笔下人物）般的气派。

以往的论家，多把秦可卿视作一个美丽绝伦而又淫荡无度的尤物。据传在一度出现后又迷失的南京“靖本石头记”中被抄录流传出的独家“脂批”中，透露出所删“淫丧天香楼”文字中有“更衣”“遗簪”等情节，因无从看到有关文字，所以一般都猜度是写秦可卿与贾珍的秽行细节。

秦可卿与贾珍的忘年之恋当然存在，且为当时的伦理道德规范所不容，“情既相逢必主淫”“画梁春尽落香尘”“擅风情，秉月貌，便是败家的根本”“家事消亡首罪宁”，所以焦大要乱嚷乱叫地骂。但依我看来，秦可卿长大成人后，似乎在表面上嫁给贾蓉之前，已与贾珍互恋，而贾珍对她的爱情，也并非玩弄而颇为真挚。倘细读现存的文字，便不难发现贾蓉与秦可卿貌合神离，甚至贾宝玉午睡的那间挂着《海棠春睡图》的神秘卧室，也只是秦可卿独享，而并非与贾蓉同床共枕的场所。总而言之，在秦可卿与贾珍、贾蓉的表层关系的内里，另有一种政治关系隐藏着。因而倘所删文字中真有“更衣”的情节，也不一定就是单纯写情写性。其实在第十回已经写到了更衣，尤氏对贾珍说：“现今咱们家走的这群大夫……可倒殷勤的很，三四个人一日轮流着倒有四五遍来看脉……倒弄得一日换四五遍衣裳。”换衣裳就是更衣，这更衣之举，看来是连贾府这样的簪缨大族也不习惯的繁文缛礼。贾珍或许是为了掩饰秦可卿这一古怪举动的隐秘动机，所以当着下人说：“……何必脱脱换换的……衣裳任凭是什么好的，可又值什么……”

依我看来，秦可卿生理上固然确实有病，但并非什么大症候，她主要是心理有病，患了焦虑症，而究其实，又是政治病。她是在焦急地等待着家族的人派间谍来与她联络，以求胜败的迹象，说不定那更衣之举，就是一种联络的方式。但在常走的大夫群里，她脱脱换换虽勤，却一无所获，故焦虑愈深，病情也愈奇愈重。就在这种情况下，忽然贾家世交冯紫英那里冒出来一个“上京给他儿子来捐官”的张友士。友士，我疑即“有事”的谐音（曾同周汝昌先生当面讨论过，他说早有此想）。他哪里是什么业余医生，即便是，也是个障眼的身份。他分明是负有传递信息使命的间谍，为秦氏家族背景所派。因而，他那诊病的过程，我以为其实是黑话连篇；他开出的那个药方，应有有识之士从这个角度加以破译。最惊心动魄的是，他带来的是一个绝坏的消息：“依小弟看来，今年一冬是不相干的。总是过了春分，就可望全愈了。”书中写道：“贾蓉也是个聪明人，也不往下细问了。”他聪明在哪里？就是破译出了张“有事”的黑话，懂得秦氏一族在权力斗争中，最终只能有一冬的挣扎，到转过年的春分时，便再无转圜的余地了。也正因为如此，秦氏便决心一死了之。但她究竟死在何时，为何要“淫丧”，又为何要丧在天香楼中，那丫鬟宝珠又为何“甘心愿为义女”，后来离府守灵，三缄其口？因写成的“解扣子”文字均被删去，便成了一桩千古疑案。

园中秋景令

叶圣陶曾特别指出：《红楼梦》第十一回中，有一阙写宁国府会芳园中秋色的小令，以小令写景，在全书中是孤例，值得注意。他提出了问题，却未回答问题，也未见有人站出来接过这一问题加以破译。

这阙园中秋景令写的是：

黄花满地，白柳横坡。小桥通若耶之溪，曲径接天台之路。石中清流激湍，篱落飘香；树头红叶翩翻，疏林如画。西风乍紧，初罢莺啼；暖日当暄，又添蛩语。遥望东南，建几处依山之榭；纵观西北，结三间临水之轩。笙簧盈耳，别有幽情；罗绮穿林，倍添韵致。

以诗词曲赋写景，穿插于小说之中，这本不稀奇，稀的是曹雪芹在整部书稿中仅用小令一次，奇的是用在一个似乎最不必展开描写风景的“坎儿”上。凤姐去宁国府赴宴，特意看望了病得离奇的秦可卿，两人在近旁无人的情况下，“低低的说了许多衷肠话儿”，都不是什么与“秋高气爽”相称的话语，说到末后，凤姐儿“不觉得又眼圈儿一红”，由于尤氏催得紧，才不得不“带领跟来的婆子丫头并宁府的媳妇婆子们，从里头绕进园子的便门来”。这样一种情况下，按说哪儿有心思欣赏园景？却偏紧跟着这样一阙小令，而且用了凤姐儿“但只见”三个字作引。就是说小令所见，是凤姐儿的“主观镜头”。一般来说，这样的写景，也同时表达着看景人的心境，这显然和前面的场景对不上。

如果我们再加细究，就会更加疑窦丛生。第八回是“比通灵金莺微露意　探宝钗黛玉半含酸”，写到天已下雪，“下了这半日雪珠儿了”，袭人还有“被雪滑倒了”的遮掩之词，可见已入冬。底下接写次日宝玉与秦钟拜见贾母。第九回又接写闹学堂。第十回写闹学堂后璜大奶奶入宁府的余波，及并非太医的“张太医”入府给秦氏看病开药方。第十一回又是紧衔着第十回下笔的，只能是一日比一日更呈冬象，怎么还能“黄花满地，白柳横坡”？又哪能“清流激湍”？至于“暖日当暄，更添蛩语”，这话更愈发令人奇怪。

可见，用常规的思路，断难明白这一小令出现在这里的原因。我有一个思路，或可破译。这“园中秋景令”，其实隐含着关于秦可卿真实身份和家族企盼的信息。秦可卿的真实出身，是类似“义忠亲王老千岁”那样的大贵族，只不过因“坏了事”，才不得不以小官吏秦业从养生堂抱养、嫁到宁国府为媳的说法来掩人耳目，所以说“小桥通若耶之溪”。若耶溪是春秋时越国的西施浣纱的地方。西施隐藏身份，帮越国灭掉了吴国。秦可卿的隐蔽性、复仇性、颠覆性与西施契合。“曲径接天台之路”，典出汉代刘晨、阮肇入天台山采药，遇仙女滞留。这里“天台”可能有世俗的含意，指皇帝的宝座，正是秦氏家族觊觎的东西。而宁、荣两府仰靠秦氏姊妹——警幻仙姑和秦可卿谋取政治利益的做法是极其露骨的。第五回就既写到宁、荣二公对警幻仙姑的“托孤”，又明说贾母把秦氏视为“重孙媳中第一个得意之人”。如秦氏真是养生堂里抱来的，能容纳也就罢了，何来“第一个得意之人”的崇高地位？

至于那一句接一句的秋景描写，应是暗指秦氏家族将在秋天起事，在东南和西北都惨淡经营，希图终于达到“笙簧盈耳”“倍添韵致”的佳境。

凤姐儿和秦氏“低低的说了许多衷肠话儿”，一定是些这类的“不轨”之词。所以，离开秦氏卧室，进了会芳园，明明已是一派冬景，但因凤姐儿仍沉浸在“衷肠话儿”中，所以“但只见”一片“心里风景”，这风景也很快便被“猛然从假山石后走过一个人来”所“煞”。曹雪芹为免读者把那一串隐语真当写景看，故而用了“跳眼”的小令形式。

谁知秦家在秋天不但未能取胜，倒更岌岌可危。张友士（有事）说：“今年一冬是不相干的。总是过了春分，就可望全愈了。”贾蓉也是个聪明人，也不往下细问了。为什么毋庸细问？因为秦氏的病实质是政治病，非药饵所能挽回者。结果到下年刮大风的一个秋夜，秦氏因家族败落而不得不自尽以殉。贾家办完秦氏的丧事，贾政正大办寿宴，忽有六宫都太监夏（吓）老爷来降旨，唬得贾氏满门“心中皆惶惶不定”。如心中不揣“亏心事”，何得如此瑟瑟？还不是因为藏匿过秦氏，怕是皇帝老子来追究了吗？尽管小说写至此处忽然峰回路转，贾家竟有一件非常喜事，“真是烈火烹油、鲜花着锦之盛”，不过，“盛筵必散”，而树倒筵散的触因，藏匿秦氏（后来竟又再藏匿妙玉），恐怕是关键吧。

《广陵怀古》与秦可卿

《广陵怀古》是《红楼梦》第五十一回薛宝琴所作的灯谜诗第五首。这一回中她所作的十首怀古灯谜诗，不仅“怀往事，又暗隐俗物十件”，而且有深意藏焉。一般的研究者都认为，这十首诗，与第五十回中宝玉、宝钗、黛玉所作的三首灯谜诗，是与第五回宝玉神游太虚幻境时所见所闻的册簿与曲子相呼应、相补充的。也就是说，这十首诗实际上暗示着书中十位女子的命运。这一点基本上已成为绝大多数研究者的共识。但在每首诗暗示哪位女子的解释上却众说纷纭，难取一致。

这里且不逐一讨论十首诗的指向，只想提出：有一首是写秦可卿的，哪一首呢？我认为是《广陵怀古》：

蝉噪鸦栖转眼过，隋堤风景近如何？
只缘占得风流号，惹得纷纷口舌多。

脂砚斋甲戌本《石头记》第七回有回前诗云："十二花容色最新，不知谁是惜花人。相逢若问名何氏，家住江南姓本秦。"我曾著文缕析，这是在暗示秦可卿的真实身份——她乃与当今皇帝进行权力斗争的皇族孑遗，因形势不利，被贾府藏匿起来，并伪造了一个从养生堂抱来的离奇来历；其实，她"家住江南"，而且父兄辈还在那边做困兽之斗。她的自缢，与贾珍偷情被发现只是表层原因，根本性的原因是她父兄辈在权力斗争中的崩溃。

"广陵"这个地名指古扬州一带。虽然扬州在长江北岸，但"烟花三月"所下的那个"二十四桥明月夜”的扬州，江南风味十足，应该也包括在“泛江南”的概念中。所谓“家住江南姓本秦”的“江南”，应该也是相对于北京的“南方”的泛指。“隋堤风景”明点出皇家，隋炀帝又是一个失败的皇帝，这与秦可卿父兄辈的骄横一时而终于失败恰好对榫。秦可卿寄养在贾府中，从“江南秦”那边不断传来这样那样的消息，甚至如第十回中所写，还通过他们在京中的盟友冯紫英家，把间谍张友士直接送到秦可卿面前，用药方子传递暗语，这确实是“蝉噪鸦栖”。这头两句，可与第十一回中的园中秋景令合看。那首小令，虽是从凤姐的角度“但只见”，其实是在隐喻秦氏一族的窘境。当然，彼时虽是强弩之末，到底也还不是毫无向往与挣扎。但到薛宝琴写《广陵怀古》时，黄花已谢，白柳亦枯，“莺啼蛩语”“蝉噪鸦栖”也都“转眼过”，“江南秦”的“隋堤风景”真是惨不忍睹了。

后两句“只缘占得风流号，惹得纷纷口舌多”，安在秦可卿身上更是“可着脑袋做帽子”。警幻仙姑（她是秦可卿姐姐）让宝玉听的《红楼梦》套曲里，唱到秦可卿时明点她“擅风情，秉月貌”；她与贾珍的“风流韵事”，闹得老仆焦大大骂“爬灰的爬灰”……这都不用多说了，但我以为薛宝琴的这首诗并非只是旧事重题。所谓“纷纷口舌”，不是“过去时”而是“将来时”，暗示着贾府藏匿秦可卿之事，在后面的情节里还将有一个总爆发；将此事举报出来的，很可能是贾府内部的人；举报的重点不是藏匿（从“死封龙禁尉”一回可知，那时皇帝是知情的，只是因为觉得“其事已败”，并看在贾元春的面上，“任其厚葬”），而是贾珍等人与秦氏一族残党的继续来往。皇帝当然不能再加容忍，故一怒之下，将贾氏全部问罪，大概连告密者也概莫能外，终至“家散人亡各奔腾”，“落了片白茫茫大地真干净”。

许多人把十首灯谜诗的第八首《马嵬怀古》认定为暗示秦可卿的。因为那首诗头一句是“寂寞脂痕渍汗光”。秦可卿既是自缢而亡，那么这句写缢死的诗难道不是非她莫属吗？在我看来，这首诗明明白白是写元春的。元春省亲时所点的四出戏里，第三出是《长生殿》的《乞巧》，这是明白无误地将元春比作杨贵妃，脂批更在这里清清楚楚地点明“伏元妃之死”。也就是说，元春的下场同杨贵妃一样。而且，秦可卿是自缢而死，杨贵妃在马嵬坡是被人缢死。一个因为绝望自寻死路，一个本不愿死却被唐玄宗忍痛割爱，二者是有区别的。我们有理由相信，贾元春最后也是杨贵妃那样的死法：她是在“虎兕相逢”中死的，她“眼睁睁，把万事全抛。荡悠悠，把芳魂消耗”，并且，她不是死在宫中，而是在“望家乡，路远山高”的地方。《马嵬怀古》第三句是“只因遗得风流迹”，一些研究者也是因为有“风流”二字，所以将这首诗派定到了秦可卿身上。其实“风流”有两解，一是“擅风情”，一是“风风光光”。元春省亲时命诸钗题诗，最不浪漫的李纨的诗里便有“风流文采胜蓬莱”的句子，我们现在更有“风流人物”的说法。总之，此“风流”非彼“风流”，不要混为一谈才好。

贾珍何罪?

《红楼梦》第五回通过太虚幻境有关秦可卿的册页诗和《好事终》曲两次指明："漫言不肖皆荣出，造衅开端实在宁。""箕裘颓堕皆从敬，家事消亡首罪宁。"由此推测，八十回后贾府被抄家治罪，应该是宁国府罪过最大、祸事最重。高鹗续书时，确实把宁国府的祸事写足了，"府第入官，所有财产房地等并家奴等俱造册收尽"，赫赫宁府只剩尤氏婆媳并佩凤、偕鸾二妾，不仅贾珍，连贾蓉也被牵连入狱。荣国府却得以保全，而且"复世职政老沐天恩"。贾赦一家仅贾赦本人被鞫谳定罪，贾琏、凤姐虽失了财产，人却逍遥法外。

宁国府落得如此下场，究竟是出于何等重罪？高鹗实在无法写圆。据他写来，贾珍被参的罪状，一是“强占良民妻女为妾不从逼死”，这是指尤二姐一事。但娶尤二姐的是贾琏，先指使已和尤二姐退婚的张华告状，后来又遣人追杀张华，并加以凌辱而造成尤二姐死亡的是王熙凤，贾珍充其量是他们的帮凶，怎算得上“首罪”“首犯”？二是其妻妹尤三姐自刎掩埋未报官。这样的罪过实在重不到哪儿去。当然，贾珍在国孝家孝期间以射鹄子为名聚众赌博也是一罪，但也并非什么了不起的大罪。

前八十回里，写得明白也让读者看得明白的，是荣国府的泼天大罪。第七十五回一开头，就写到尤氏正欲往王夫人处去，跟从的老嬷嬷们悄悄地回道：“奶奶且别往上房去。才有甄家的几个人来，还有些东西，不知是作什么机密事。奶奶这一去恐不便。”尤氏听了道：“昨日听见你爷说，看邸报甄家犯了罪，现今抄没家私，调取进京治罪。怎么又有人来？”老嬷嬷道：“正是呢。才来了几个女人，气色不成气色，慌慌张张的，想必有什么瞒人的事情也是有的。”曹雪芹这样写，用意非常明白，尽管贾赦有逼勒石呆子谋取古玩、通过贾琏跑动交结平安州外官等罪行，加上王熙凤铁槛寺受贿弄权害了两条人命，还有违法发放高利贷等事，这些恶行都必将遭到报应，但贾政也是跑不了的。荣国府帮助被抄家的犯官藏匿罪证钱财，这是罪大恶极的，这样的事贾母、王夫人不可能瞒着贾政，贾政的此项滔天大罪，必导致荣国府“家亡人散各奔腾”。因此可以想见，八十回后必写到荣国府“树倒猢狲散”，贾政必被治罪，绝不可能有高鹗笔下的那些“复世职政老沐天恩”的鬼把戏。

但是这样把前八十回的故事一捋，就更纳闷了。第五回里为什么要那样说呢？“箕裘颓堕皆从敬”。贾敬把爵位让贾珍袭了，弃家出城到道观里跟道士们胡羼，任由贾珍“高乐不了，把宁国府竟翻了过来，也没有人敢来管他”，这当然可以算是“箕裘颓堕”，在封建礼法上存在严重的道德问题。不过，似乎也还构不成司法上的罪行。通观现在我们可以看到的前八十回，贾府的男主子里，唯有贾珍比较有阳刚之气。他比贾赦豪放，比贾政通达，作为族长，他让贾母等长辈挑不出错来，跟同辈的兄弟姊妹们也能和平共处，与尤氏大体上算得恩爱。书中关于他的重要情节，除与秦可卿、二尤相关的以外，有清虚观打醮时组织现场、教训子侄，年关时负暄收租、分派年货，中秋时率妻妾赏月、壮胆呵斥墙角怪叹，在这些情节里，曹雪芹准确而生动地写出了一个壮年贵族的风度气派。当然，贾珍的声色享受，书中明写暗写之处甚多，这是一个肉欲旺盛而强壮的男子。但他并未像贾赦欲占鸳鸯那样“牛不吃水强按头”；他和尤二姐的有染以及对尤三姐的垂涎，没有强逼强占；也不见他有对灯姑娘、鲍二家的那种“不管腥的臭的”一律馋嘴的掉份行为。他虽“不干净”，却保持着贵族府第的堂皇。过去研究《红楼梦》的人们很少专门分析探讨这个人物。其实，作为一个艺术形象，它的生命力是非常旺盛的。

张爱玲晚年写《红楼梦魇》，非常仔细地研究了贾府后来究竟为什么被抄家治罪。她当然注意到，前八十回里充满了伏笔。除以上举出的，比如元妃点戏《豪宴》，脂砚斋批语告诉我们这是《一捧雪》中的一折，“伏贾家之败”；比如贾雨村的仕途浮沉，贾雨村出事会牵连到贾府；此外，像金钏的投井、蒋玉菡的潜藏，都可以转化为追究贾府罪愆的线索。张爱玲算来算去，也觉得前八十回里实在找不出多少关于贾珍的犯罪线索。因此，她根据各个版本异同的一番研究，认为第五回的预言“造衅开端实在宁”和“家事消亡首罪宁”是曹雪芹早期的构思，他后来改主意了，所以在第七十五回特别明写出荣国府在甄家被皇帝抄没后竟斗胆接待他家派出的家人，并代为藏匿了许多东西，形成“首罪”，以致情节与预言之间产生矛盾。这也再次证明《红楼梦》是一部未及写完，或虽大体完成却尚未最后剔除矛盾处的稿本。

但我以为第七十五回所明写的荣国府替甄家藏匿财物一罪，还不是整个贾氏家族的“首罪”，更非“造衅”的开端，因为宁国府的贾珍藏匿的不是一般的罪家，也不仅是其财产，而是大活人——秦可卿。这本来也是写得比较明白的，早期稿本的第十三回，回目原是“秦可卿淫丧天香楼”（一说为“秦可卿淫上天香楼”）。现在我们看到的是曹雪芹遵照脂砚斋的意见删改过的文字，通过这些文字，我们只知道贾珍与秦可卿的畸恋，一个丫鬟触柱而亡，另一个丫鬟誓守亡灵再不回府，还有规模体例惊人的丧事，等等。我曾著《秦可卿之死》一书（后扩大为《红楼三钗之谜》），揭开谜底——按曹雪芹原来的计划，是要写出宁国府贾珍冒死收养皇帝政敌的遗孤秦可卿这一情节的，但这样写太过敏感，不得不按脂砚斋的意见大删大改，甚至还不得不在第八回末尾“打补丁”，故意把秦可卿写成是从养生堂（孤儿院）抱出的野种。脂砚斋见到这补笔后感叹道：“秉刀斧之笔，具菩萨之心，亦甚难矣！”把这一点搞清楚了，“造衅开端实在宁”和“家事消亡首罪宁”的预言就非常好理解了，而贾珍那“一味高乐”的形象，也便具有了遮蔽着政治胆识的深度，这位贵族男子的形象，也便更值得玩味了。

元春为什么见不得“玉”字？

“贾元春才选凤藻宫”后，大观园建成，于是“庆元宵贾元妃省亲”，元妃进园游幸，乃命传笔砚伺候，亲搦湘管，为园中重要处赐名。对原来宝玉等所拟匾额，她只改了一个——将“红香绿玉”改为“怡红快绿”。宝玉对此浑然不觉，奉命作诗时，在“怡红院”一首中，草稿里仍有“绿玉春犹卷”字样。偏薛宝钗心眼儿细，急忙悄推宝玉提醒他：元妃因不喜“红香绿玉”四字，才改成“怡红快绿”，你这会子偏用“绿玉”二字，岂不是“有意和他争驰了”？又教给宝玉，用唐钱珝的“冷烛无烟绿蜡干”典，以“绿蜡”来取代“绿玉”，并嘲笑宝玉的惶急无措，讥笑他说：亏你今夜不过如此，将来金殿对策，你大约连“赵钱孙李”都忘了呢！——这一情节，历来论家都认为是刻画薛宝钗性格思想的重要笔墨，有关分析屡见不鲜。但现在要问：难道曹雪芹写元妃改匾，仅是表现她偶然不喜，并无深意吗？难道这一细节，仅是为了刻画薛宝钗吗？

元春为什么此时此刻见不得一个“玉”字？她的爱弟名字里分明就有“玉”字，按说她对“玉”字是不该反感的。薛宝钗虽敏感地觉察到，此时此刻万万不能用“玉”字惹她生厌，却也是“知其然，不知其所以然”，这是一个谜。细读《红楼梦》，我们便不难悟出，元春其实是个政治人物。贾府收养藏匿了现今皇帝政敌的女儿——秦可卿，寄希望于“当今”被秦氏的“背景”取代时能因此腾达；同时，又想方设法把元春送进宫中，希图能得到“当今”的恩宠。后来，秦可卿的“背景”在较量中失利，不过，偏在这节骨眼儿上，“贾元春才选凤藻宫”，这就不仅使贾府安然度过了“秦可卿淫丧天香楼”的危机，而且“鲜花着锦，烈火烹油”，煊赫一时。元春的归省，绝不仅仅是“当今”体现其恩典、元妃表现其天伦感情的盛事，这其实更是一次含有深层政治意义的如履薄冰之行。“当今”已然察觉贾府藏匿秦氏并与其“背景”鬼祟来往，只是一来那股反叛势力已大体被瓦解，二来看在元春的面子上，对贾府暂不追究罢了。所以元春回到贾府，心中绝不仅是一片亲情，还有更强烈的政治危机感。可她又万不能明白说出。她见到贾母、王夫人便“满眼垂泪”，后又“忍悲强笑”，称自己是被送到了“那不得见人的去处”，以及当贾政至帘外问安，她说“今虽富贵已极，骨肉各方，然终无意趣”，又嘱其“只以国事为重”……除了以往论家分析的宫怨，实在是另有一腔难言之隐。

我认为，秦可卿“画梁春尽落香尘”时应恰是二十岁，元春约比她大十岁，对这位侄儿媳妇的“是非”，一直辨别了二十年，直到进宫后，在那第二十年的深秋，她终于向皇帝揭发了这件事。皇帝本也有察觉，又已严厉打击了他那些图谋不轨的兄弟，再加上确实喜欢元妃，故不但答应元妃的请求，对贾府不予深究，还将元妃的地位加以提升（所谓“榴花开处照宫闱”），使贾家因此“富贵已极”。但荣国府的贾政或许尚能真的与秦氏一族从此断绝，贾赦就保不齐了。至于宁国府，贾珍是真爱秦可卿的，又与冯紫英等交厚，就更不可能“忘秦”。“漫言不肖皆荣出，造衅开端实在宁”，恐怕说的就是贾珍根本不听元春那一套，不仅没有“退步抽身”，还继续与冯紫英、柳湘莲等来往。冯是“江南秦”“铁网山”的死党，柳则始而出家后成“强梁”，均系“当今”的政治敌手，这样贾氏便终于还是深陷权力斗争的漩涡。元春之所以死于离家“山高路远”的外方，显然是“虎”“兕”间一场恶战的结果。她或者是被皇帝一怒而抛弃，发配荒地，或者是被冯紫英等人劫持到那种地方而惨死。元春作为一个政治牺牲品，只能“恨无常”——恨命内命外都难以把握的那些个“变数”。

现在再回过头来说，元春在省亲时，为什么一见“红香绿玉”便那么敏感。“香”也许使她联想到了“天香楼”，不过这问题还不太大，而一见“玉”字，她肯定是想到了“未嫁先名玉，来时本姓秦”。在甲戌本、戚本、宁本、王府本诸种手抄本的第七回，都有一首回前诗，我曾著文缕析，这是透露秦氏真实身份的一首诗。如果说元春是有幸进了宫，那么，秦可卿的血统比她更尊贵——与“宫花”是“相逢”的关系，也就是说，差不多就是个公主。秦氏的“背景”便是暂时蛰伏于江南的皇族。她嫁给贾蓉后名“可卿”。未嫁时呢？“先名玉”！所以，元妃在归省时猛见“红香绿玉”字样，立马改为“怡红快绿”，就一点也不奇怪了。

“未嫁先名玉，来时本姓秦”，系南北朝梁刘缓《敬酬刘长史咏名士悦倾城》一诗里面的两句，流传很广的《玉台新咏》里就收有这首诗，脂砚斋批语里也引用过，并说“二语便是此书大纲目、大比托、大讽刺处”。虽然这条脂批是写在第七回秦钟见凤姐一段处，似乎是针对秦钟说的，但秦钟在

第十六回就一命呜呼，为秦钟出此二语，并认为是“此书大纲目、大比托、大讽刺处”，很难让人想通。考虑到脂砚斋“命芹溪删去”“淫丧天香楼”一节，严格把握“此书不敢干涉朝廷”的“政治标准”，这句评语也许是有意“错位”。但不管怎么说，它还是逗漏出了一个消息：在《红楼梦》“写儿女的笔墨”的表面文本下面，实在是深埋着另一个写朝廷权力斗争的隐文本；而在这个隐文本中，元春与秦氏是牵动贾府祸福的两翼。元春是容不得在度过“天香楼危机”后，再在归省中看到“玉”字上匾的。其细密心理，虽有薛宝钗察觉其表，却并不知其内里，贾府诸人更懵然不觉，而《红楼梦》一书的读者们，也大都被作者瞒蔽过了，怪道是“都云作者痴，谁解其中味”！

牙牌令中藏玄机

“双悬日月照乾坤”是《红楼梦》第四十回“金鸳鸯三宣牙牌令”里的一句令词。周汝昌先生郑重地告诉我们，这里头隐藏着一件公案。那就是在乾隆四年（1739），出现了打算颠覆乾隆帝位的一股政治势力，他们以康熙朝废太子胤礽的儿子弘皙为首，俨然组织起了“影子政权”，图谋行刺乾隆，取而代之。那段时间的情势，比喻为“双悬日月照乾坤”，真是恰切得很。

可以说，整个牙牌令的铺排，也就是从乾隆元年到乾隆四年间曹家命运的显示与预言。曹雪芹先写的是贾母随着鸳鸯唱牌道出的令词。连续几句其实都是在概括曹家在乾隆元年的好景。“头上有青天”——乾隆一登基就大赦天下，曹頫没能赔补完的任上亏空一风吹了。“六桥梅花香彻骨”——曹家仿佛终于走完了杭州苏堤上的六座桥，经历过严寒的考验，前面即是春天，幸福生活的香气沁入骨髓。“一轮红日出云霄”——曹頫能复官任职，怎样颂圣也不过分啊。最后一副牌凑成的是个“蓬头鬼”，这兆头是否不大好？“这鬼抱住钟馗腿”——贾母有恃无恐。这当然也就是当年曹家老祖宗的真实心理的一种艺术再现。

贾母说完，该薛姨妈说，她所说的几句可以视为乾隆二年曹家以及相关姻亲的基本处境的投影。“梅花朵朵风前舞”“十月梅花岭上香”“织女牛郎会七夕”“世人不及神仙乐”——尽管那一年的生活在第四十回还没写到，但从第五十三回到第六十九回的描写里，我们确实可以感受到大观园里众儿女不知盛席华筵终散场的憨痴，那恐怕也是乾隆二年的真实生活里一般曹家人的懵懂状态的反映。

接下来史湘云的令词可就跌宕起伏了。她的第一句就是“双悬日月照乾坤”。像曹家，还有史太君、史湘云的原型李家，即使自身已经不想介入皇家的“日月之争”，弘皙也绝对不会放过他们，因为他们几代之间的关系真是太密切了，就像《红楼梦》里所写的贾府与北静王府的关系一样，不可能在这样的“双悬”情势下置身事外。“闲花落地听无声”——既卷入，就要付出代价。“日边红杏倚云栽”——倘若弘皙真能得逞，自己栽的这株“红杏”，这笔政治投资，岂不就能赢来丰厚的回报吗？“御园却被鸟衔出”——这是暗喻，是政治押宝，但愿弘皙他们夺权成功。

接着往下写，是薛宝钗的令词。“双双燕子语梁间”——究竟听从哪一只燕子的命令？“水荇牵风翠带长”——被拖进“日月之争”受到牵连是无可避免的了。“三山半落青天外”——喻靠山冰蚀，终于失败。“处处风波处处愁”——从此以后就家无宁日了。这是七十回以后，特别是八十回以后故事的概括，也是生活真实里乾隆三年后曹家命运的缩影。

曹雪芹不仅以上述令词概括、暗示了书中贾家在“三春”里的从盛到衰的过程，还在林黛玉的令词里嵌入了《牡丹亭》《西厢记》的句子，以埋下第四十二回薛宝钗借机“审问”、训诫林黛玉的情节伏笔；又通过刘姥姥的粗话令词引出下一回众人大笑的一段生动描写。曹雪芹最善于这样“一石三鸟”地驾驭文字，了解他的这一写作习惯也是我们阅读《红楼梦》应有的基本功。林黛玉和刘姥姥的令词也都包含着卷入皇权斗争使得贾府终于“树倒猢狲散”的谶语玄机，特别是“大火烧了毛毛虫”一句。但在书中接下来的情节里，贾府的太太小姐、公子哥儿们却狂笑滥欢，这真是大悲剧中最富反讽意味的一笔。

附

周汝昌先生壬午九月信

心武学友：

蒙你电话慰问，深感厚意。遇此突然之事

（刘注：指其夫人逝世），自然心绪不佳，幸而频见津报屡刊佳作，令孩辈读听，增喜减忧，此近日之实情也。“双悬”句系李白原文，暗指唐玄宗逃离，肃宗擅立之史迹，可加一注，更令读者信服。不认识雪芹笔法的独特性，即艺术的个性，总想把《红楼》拉向一般化，即庸常性，而且以为只有这样才算“懂文学”……中国的事态如此，良可慨也。

真理常常是在“少数”这一面。不必听“四面楚歌”（我已听了几十年！），可以多写写，编个小集，这些文章为探佚学增添力量光彩，即可喜的发展。现顾“全局”，有能力、识力从事此学科者除你与梁归智教授之外几乎无人可以列举。当然，有些人又会指手画脚，说短话长，甚至讥诮嘲讽——此类人不读书、不懂清史，更不能文（包括刊文与通信等文字）。要为红学探佚学留一轨迹，启牖后来之文士。

我现在正思索：“座上珠玑昭日月”的日月，也许与“双悬”的日月有微妙的奥秘关系。

暂写至此。

专候

重阳节吉！

盲友解味拜

壬午九月

新出的《红楼梦的百慕大》，广州版，有兴趣不妨觅阅一番，示我看法。又及。

梦中夺锦系何兆?

第七十二回是大风暴前的一回。第七十三回傻大姐捡到绣春囊，成为贾府先从自家杀起的导火线。八十回后，一定会展开外面杀进来的情节，写贾府在内斗外剿中“忽喇喇似大厦倾”的大悲剧结局，所以第七十二回实际上是“山雨欲来风满楼”。凤姐当着仆妇，忍不住道出：“昨晚上忽然作了一个梦，说来也可笑，梦见一个人，虽然面善，却又不知名姓，找我。问他作什么，他说娘娘打发他来要一百匹锦，我问他是那一位娘娘，他说的又不是咱们家的娘娘，我就不肯给他，他就上来夺，正夺着，就醒了。”为何有这样的梦？书里旺儿家的笑道：“这是奶奶的日间操心，常应候宫里的事。”

书中明写暗写了不少分属于“日”“月”两大政治集团的人物，像忠顺王、仇都尉及其儿子等都属于“日”派，而北静王、冯紫英与其父冯唐等，则属于“月”派。第四十回“金鸳鸯三宣牙牌令”，出现了一系列的暗示，其中“双悬日月照乾坤”一句最醒目惊心。真实的情况是曹家及其亲戚都属于“太子党”，“真事隐”地折射到小说里，便是贾家、薛家等都属于“月派”。周汝昌前辈在癸未八月来函中有这样的思考：“宝钗一家进京本为‘待选’；薛家女‘待’的‘选’，不是入乾隆宫内，是暗指胤礽、弘皙府也。——这方是后文再也不提‘选’事的真缘故吧？”我很赞同这一思路，而且薛蟠之所以“人命官司一事，他竟视为儿戏”，大摇大摆进京去，也正是因为正逢雍正暴毙，弘皙有可能“正位”，那么藏有“义忠亲王老千岁”备用棺料樯木的薛家，便具备了无限的可能性，将妹妹送往弘皙身边，当然也就成为一大可实现的美事。但结果却是雍正的儿子弘历登上了宝座，薛家也就只能暂且蛰伏，再待时机，妹妹待选的事当然也就不再提起。薛蟠本是个享乐主义者，并非政治人物，但因为薛家上辈乃地道的“太子党”，所以他结交来往的，也就都是些“月派”人物。整部《红楼梦》就都笼罩在“日”“月”之争的紧张气氛中。

弄懂了上述大背景、大脉络，就不难理解第七十二回为什么要写到凤姐的那样一个梦了。那当然是个凶兆。旺儿家的只知有凤藻一宫，哪里知道贾府要应候的还有另外的宫。实际上贾府面临着两个“宫”，也就是“日宫”与“月宫”。在“日宫”里有元妃娘娘，这是必须首先要应候好的；但“月宫”的人也很“面善”，本有千丝万缕的联系，即使到了后来觉得已是“半轮鸡唱五更残”（香菱诗句），不想那么服帖地应候了，但人家却仍有一定实力，能上来夺取，应候也不是，不应候也不是，真真是进退失据。在那“日”“月”互碾的夹板中，没有多久，贾府就要被挤压成齑粉了。

值得注意的还有第二十八回这样一笔：宝玉急匆匆去寻黛玉，路过凤姐院门前，凤姐叫住他，让他写下“又不是账，又不是礼物”的“大红妆缎四十匹，蟒缎四十匹，上用纱各一百匹，金项圈四个”字样，说“你只管写上，横竖我自己明白就罢了”。凤姐本有小童彩明为她当笔墨秘书，如果是应候“日”宫，往元春娘娘处送东西，让彩明写就是了，何必抓宝玉的差，而且又不按正式的规格写？《红楼梦》里绝无废笔赘墨，这一情节也一定是草蛇灰线，伏脉千里。我估计那时“月”宫正处于“精华欲掩料应难”（亦为香菱诗句）的情势下，凤姐秘密而积极地应候着“月”宫一方。这字迹可能在八十回后成为贾府勾结“月”派图谋不轨的罪证之一，宝玉的被逮系狱，这白纸黑字便是祸根。

芦雪庵联诗是雪芹自传

《红楼梦》第五十回，大观园诸艳与宝玉的芦雪庵联诗，很少被人深入研究。其实，这七十句联诗，本系曹雪芹咏叹自身经历的长歌。他巧妙地将其嵌入这部书中，既通过这一情节展示了那个时代贵族男女的文化时尚，也透过联诗的场面深化了书中人物的性格。当然，更重要的是，他将本人及家族的经历投影于书中贾氏的命运，形成了一个悲怆凄恻的轨迹，而最终达于清醒的“悬崖撒手”——与那个社会的主流文化分道扬镳。

联诗开篇便是“一夜北风紧，开门雪尚飘”。

这是曹雪芹写他出生时的情境。当然，我们不能胶柱鼓瑟地认为，这是说他出生在下雪的冬日。这是一个比喻，说的是他出生在康熙驾崩、雍正即位之际，这一重大的政治变故，对于几代深受康熙宠爱，并与若干未能继位的皇子——雍正的政敌——交往甚密的曹家来说，真不啻“一夜北风紧”，曹雪芹一出生，即一“开门”，就遇上了家族于“雪尚飘”的凛冽处境中挣扎的局面。书中写到，凤姐道出“一夜北风紧”这句“粗话”后，众人听了，都相视笑道：“……留了多少地步与后人！”正是暗示这种大气候对家族年轻一代的命运有着非同小可的影响。程高本将这句改为“留了写不尽的多少地步与后人”，坐实在“写诗”上，把“表命运”的暗示一笔抹杀。

下面说“入泥怜洁白，匝地惜琼瑶”，也就是从此不能“清白”的意思。而那来自雍正皇帝的“暴风雪”，“有意荣枯草，无心饰萎苕”，即把康熙时受冷落的“枯草”大加殊荣，而绝无心照顾家族已然凋零的“萎苕”如曹家。“价高村酿熟，年稔府粱饶。”字面意思，是说大雪抬高了酒价，而且兆示着来年的丰收，实际上是说曹家越来越难承受主子的需索。稍阅雍正初年皇帝在曹𫖯奏折上的批语，便知那真是怎么也讨不了好了。“葭动灰飞管，阳回斗转杓。”自然是比喻命运的大转折。雍正处置曹𫖯一家，虽极严峻，却也还不到斩尽杀绝的地步，正所谓“寒山已失翠，冻浦不闻潮”。那时曹家也还有一两门差可依赖的亲戚，所以又说“易挂疏枝柳”。但有的亲戚本身也已岌岌可危，故又说“难堆破叶蕉”。

从康熙驾崩到雍正即位是曹家由盛转衰的大转折，但曹家覆灭的过程并非直线式的坠落，而是曲线式的，“一时是杀不死的”。到雍正暴毙，乾隆即位，在乾隆的怀柔政策之下，曹家也竟一度有雪中得炭之喜，可以揣起手过一点谨小慎微的好日子。故而芦雪庵联诗的下两句是“麝煤融宝鼎，绮袖笼金貂”。当然，这只是回光返照，所以又说“光夺窗前镜”。不过，这时的曹家，可能确有女子得以进宫，或至少是成了王妃，全家能暂得庇护，故有“香粘壁上椒”之句。但整个境况，仍是“斜风仍故故，清梦转聊聊”，并无坚实的前途。那时的官场，真是几家欢喜几家愁，所以接下来有“何处梅花笛？谁家碧玉箫”之叹。乾隆想怀柔，可雍正的政敌并不因其子继位后的和解姿态而放弃他们的夺位企图，几位尚健在的雍正的堂兄弟，及堂兄弟的儿子们，即乾隆的从堂兄弟们，仍加紧着他们的夺权密谋。他们集结在康熙两立两废的太子胤礽的儿子弘皙麾下（那时胤礽已死多年），甚至企图在乾隆木兰秋狝时发动政变。所以下面就说“鳌愁坤轴陷，龙斗阵云销”。

乾隆当然不能任由政敌们猖狂，于是改宽松怀柔为严厉镇压，曹家受到牵连，这一次遭受的打击，远比雍正朝为烈，曹氏一族所剩无几，故下一句是“野岸回孤棹”。曹雪芹在这“孤棹”中犹苦中作乐，即“吟鞭指灞桥”（所谓诗思在灞桥风雪中驴子上）。但曹氏的若干族人已被充军远流，这事实被含蓄地吟为“赐裘怜抚戍”，苟活于都城的遗孑，便不能不实实在在地“加絮念征徭”。蛰居都城陋巷仄室的曹雪芹等人，处境真是“坳垤审夷险，枝柯怕动摇”。一步不慎便会掉入陷阱，任何一点枝柯摆动都可能带来更深的牵连，所以即便强颜欢笑调侃，也只能把这种生存状态概括为“皑皑轻趁步，翦翦舞随腰”。联诗的下两句是“煮芋成新赏，撒盐是旧谣”。字面意思是引苏轼等典故，形容雪如用煮熟的芋头做成的“玉糁羹”一般白，又如撒盐般落下，实际上却是形容曹雪芹此时的生活水平。在那种情况下，他“苇蓑犹泊钓”，而实际已“林斧不闻樵”，再不能张扬。曹雪芹面临的困境，如“伏象千峰凸”，要冲出绝境，也还不是无望，但那是“盘蛇一径遥”。这时，“花缘经冷聚”，而我心已定——“色岂畏霜凋”！

雍正一朝曹家所受的打击，我们现在总算还能查到一点皇家档案，可是乾隆一朝曹氏弄得“家亡人散各奔腾”，甚至于“落了片白茫茫大地真干净”，至今却查找不到一点文字档案。在芦雪庵联诗里，曹雪芹也只是说“深院惊寒雀，空山泣老鸮”。不过一“惊”一“泣”，也够惨的了。这时的朝政，弄得官僚贵族们“阶墀随上下，池水任浮漂”，皇帝则自以为“照耀临清晓，缤纷入永宵”。一班想顺风而上的，“诚忘三尺冷，瑞释九重焦”。曹氏遗子中自然也有这样的，曹雪芹却选择了另样的生活方式，“僵卧谁相问”？不问就不问吧，偏有“狂游客喜招”。这说明曹雪芹在家族覆灭后，一方面断绝了与皇室的关系，一方面却也受到过颇有权势的开明人物的荫庇。他总的处境是“天机断缟带，海市失鲛绡”。具体的情形是“寂寞对台榭，清贫怀箪瓢”。但他开辟着自己的精神天地，“烹茶冰渐沸，煮酒叶难烧。没帚山僧扫，埋琴稚子挑”。实际上，这是暗示他开始了《石头记》即《红楼梦》的艰难创作。

在联诗中，曹雪芹用“石楼闲睡鹤，锦罽暖亲猫”两句，极为含蓄地概括了他所写的这本书。《红楼梦》第二十三回，有贾宝玉的四季即事诗，其《秋夜即事》中有“苔锁石纹容睡鹤”之句，蕉棠两植的怡红院中有鹤，在书中亦有描写。《冬夜即事》中有“锦罽鹴衾睡未成”之句，书中第五回即写到秦氏“叫小丫头们在檐下看着猫儿打架”，可见贾府中，锦罽和猫儿都是最常见的事物，最能传达出那里的氛围。在很可能见到过曹雪芹本人并读过其原稿的明义的《题红楼梦》组诗中，有一首就写到贾宝玉“晚归薄醉帽颜欹，错认猧儿唤玉狸”，这大概是说第三十一回中，宝玉错把晴雯当作袭人的事（袭人在怡红院中有“西洋花点子哈巴儿”的绰号，见第三十七回）。由此可见，玉狸即“亲猫”，实际上也是泛指作者所珍惜的女儿们。

但对于曹雪芹来说，那象征着严寒与肃杀的大雪越来越厉害了。“月窟翻银浪，霞城隐赤标。”仿佛月亮银色的光浪翻涌于大地，又仿佛号称“霞城”的赤城山最高处叫作“赤标”的山巅，竟都被寒雪所淹没。在这漫漫寒冬、茫茫大雪中，有的生命经不住摧残，就沉沦、湮灭了，但曹雪芹却“沁梅香可嚼，淋竹醉堪调”。就是说越是严寒，他著书就像嚼食被雪浸透的梅花般我心自甘，也仿佛被雪水淋湿的竹子，正能弹奏出最强劲的旋律！

从曹雪芹逝去后他的挚友所写的悼亡诗可知，

他在“著书黄叶村”时，是有“新妇”协助的。这首芦雪庵联诗，应该正是他在那爱情的呵护下所撰，所以在表述自我生活道路时，特意写到逆境中的雪，“或湿鸳鸯带，时凝翡翠翘”。他的创作生活中还是有亮点的，不过总的处境当然还是“无风仍脉脉，不雨亦潇潇”。与风雪严寒的斗争，正未有穷期！

联句的最后两句“欲志今朝乐，凭诗祝舜尧”，当然是不得不加上的“尾巴”。可是如联系前面的内容，完全可以体味出一种反讽的意绪。

“三十”与“明月”

“三十功名尘与土，八千里路云和月。”这是南宋岳飞《满江红》词里的名句。汉文化有个特点，前人的妙词佳句都可借用到新的语境中，“借他人酒杯，浇自己块垒”，不用改易一个字，新的意蕴即已延伸甚至转化而成。

据2000年2月3日《北京晚报》记者程胜报道，北京一位瓷品收藏者凌先生，1996年在安徽某县搜集到一副瓷烧的对联，用以镶嵌瓷字的底板已毁，但瓷字完整无缺，这对联正是“三十功名尘与土，八千里路云和月”。瓷字每个在8至12厘米之间。除此十四字外，尚有四个5至6厘米的瓷字，是“曹雪芹书”。经有关专家鉴定，十八个瓷字皆系清代中期景德镇出品。虽然还不能确定这些瓷字就是据曹雪芹真迹烧制的，但也万万不可轻视这一发现。我们一直没搜寻到曹雪芹的哪怕一个字的真迹，现在据以研究《红楼梦》的各种手抄本，有的可能很接近曹雪芹亲手书写的底本，但也都是他人的过录本。这回凌先生发现的瓷字虽仍非最本原的“曹字”，但如能被专家进一步鉴定为真物，则与发现了曹雪芹书法的刻石或拓片一样，意义也是非同小可的。

这里姑且缓论瓷字的真伪，先讨论一下，曹雪芹有没有可能写出这样的一副对联。

截取前人诗词象征人物命运，或从中转化出另外的意思，这一手法在《红楼梦》的文本里可谓贯穿始终，是我们解读这部巨著时必须掌握的“钥匙”。最集中也最直接的例子是第六十三回“寿怡红群芳开夜宴”，与宴的八位女性分别抽出了八根象牙花名签子，每根上面都题着四个字并有一句唐诗或宋诗。如探春抽的是杏花签，题着“瑶池仙品”，诗句是唐高蟾《下第后上永崇高侍郎》里的“日边红杏倚云栽”。原诗“日边”喻帝王，“红杏”喻权贵，表达的是科举下第后的矜持怨艾；曹雪芹借用之后意思就不一样了，用“日边”喻郡王，“红杏”喻探春，暗示探春以后将类似“杏元和番”那样远适藩王。

《红楼梦》的传世抄本大都有署名脂砚斋或畸笏叟的大量批语，尽管对于这两个署名究竟是一个人的还是两个人的，究竟是男是女，与曹雪芹有没有血缘或婚配（同居）关系，红学界意见尚不能统一，但这批书者与曹雪芹有着极亲近的关系，熟悉甚至卷入了曹家的家世变化，并在一定程度上是曹雪芹创作《红楼梦》的“高参”，乃至直接参与了至少是局部的写作，在这几点上红学界并无争议。脂砚斋、畸笏叟的批语一般统称“脂批”。脂批里一再出现“三十年”的字样，如“三十年前事见书于三十年后，今余想恸血泪盈”。“读五件事未完，余不禁失声大哭，三十年前作书人在何处耶”？

“余卅年来得遇金刚者亦不少……”“与余三十年前目睹身亲之人，现形于纸上……”不少脂批后注明了年代干支，由此可以推算出，“三十年前”大约是公元1728年，即雍正六年之前，那是曹氏家族仕途命运的一道分水岭。雍正六年，曹𫖯在江宁织造任上被抄家治罪，曹氏四五代人艰辛积攒的家业灰飞烟灭。据此，倘曹雪芹借岳飞的“三十功名尘与土”来一抒心中的愤懑，实在是天知地知自己知，亲近者如脂砚斋者知，其他人则很可能被他的狡狯假借所瞒蔽。

《红楼梦》的正文里也有直接提起年头论事儿的时候。第七回宁国府焦大醉骂“二十年头里的焦大太爷眼里有谁”？所谓“二十年头里”，应是书中贾代化袭宁国公且还在世的时候；如再加十年，三十年头里，则太爷贾演该还活着。焦大年轻时随太爷（原型应为曹雪芹高祖或曾祖）出兵，有从死人堆里救出主子的功劳。第四十七回贾母称“我进了这门子作重孙子媳妇起，到如今我也有了重孙子媳妇了，连头带尾五十四年，凭着大惊大险千奇百怪的事，也经了些”，不说五十或五十五等整数，而精确地说“五十四年”，显然是因为这个艺术形象的原型确实是有五十四年的婚龄。据周汝昌先生考证，《红楼梦》从第十八回至第五十四回全写的是以乾隆元年（1736）为背景的一年里的故事，则“三十年头里”约为康熙四十六年（1707），正值康熙第六次南巡，曹雪芹祖父曹寅第四次接驾，曹寅妻李氏当然与丈夫一起正经历着富贵已极的时期，以李氏为原型的贾母在书中出现时却已处于百年诗礼簪缨之族的“末世”了。凡此种种文字里，都弥漫着“三十年河东，三十年河西”的深沉喟叹，如假借“三十功名尘与土”加以概括，也无不可。

《红楼梦》第一回正文里还明确地写入了该书由“曹雪芹于悼红轩中披阅十载，增删五次”而成。尽管关于曹雪芹的生卒年月在红学界一直存在歧见，但《红楼梦》大体成型是在曹雪芹三十岁左右当可认定。因为第一回开篇即有第一人称的作者自述，明言“将已往所赖天恩祖德，锦衣纨绔之时，饫甘餍肥之日，背父兄教育之恩，负师友规谈之德，以至今日一技无成、半生潦倒无罪，编述一集，以告天下人”云云。过去人们认为一个甲子六十岁即为“满寿”，因之“半生”也就是三十岁。《红楼梦》里通过贾宝玉这一艺术形象痛斥“国贼禄蠹”，视科举功名如粪土，那当然是曹雪芹自己思想感情的体现。他“无材补天”，有心铸“梦”，若挥毫书写“三十功名尘与土”，也正好抒发了自己把仕途经济即所谓“功名”弃之尘土的理念豪情。

倘若仅仅上联能引出我们的丰富联想倒也罢了，更需注意的是下联的“八千里路云和月”。岳飞笔下的“云”“月”虽也有超出字面以外的意蕴，却并非是指人物。在《红楼梦》的文本里，“云”指史湘云，“月”指麝月，却是明明白白的——红学界称作“王府本”的抄本上，第十八回前面有总批，是以题诗的形式写就的：“一物珍藏见至情，豪华每向闹中生。黛林宝薛传佳句，《豪宴》《仙缘》留趣名。为剪荷包绾两意，屈从优女结三生。可怜转眼皆虚话，云自飘飘月自明。”前五句是我们能从现存的前八十回文本里看到的情节，后三句则是在透露八十回后的故事（即便尚未写出，亦是已成熟的构思）。

“屈从优女结三生”是怎么回事这里且不讨论。“云自飘飘”指史湘云后来有一段凄惨的漂泊生活，这与正文第五回关于史湘云的判词“展眼吊斜晖，湘江水逝楚云飞”，以及《乐中悲》曲子里“终久是云散高唐，水涸湘江”完全吻合。“月自明”则是指麝月到故事最后仍能守在贾宝玉的身边。《红楼梦》正文里用宋人诗句“开到荼蘼花事了”来暗示麝月是书中“如花美眷”的最后残存者，脂砚斋批语里有多处暗示麝月最后作为侍女独留在了宝玉身边（第二十回脂批说八十回后袭人出嫁前有“好歹留着麝月”的留言）。

据周汝昌先生考证，脂砚斋与畸笏叟实系一人，就是书中史湘云的原型，她经离乱漂泊，最后得以与曹雪芹重新聚合。她在第二十回写到麝月独自看屋子时批道：“麝月闲闲无语，令余鼻酸，正所谓对景伤情。”在那段情节里，麝月说了不少话，宝玉还给她梳头，并没有什么值得伤感的因素，因此，只能把这批语理解为，脂砚斋写批语时，麝月的原型就在她身旁，“闲闲无语”。而那几句批语后面注明是“丁亥夏”，彼时曹雪芹已经去世好几年了，她们两个与曹雪芹共度了最艰难的岁月，从曹雪芹的遗稿里重温着往日的富贵温柔，面对当下的凄凉处境，自然难免对景伤情。这样看来，“云自飘飘月自明”的含义十分丰富，表明麝月在袭人嫁给蒋玉菡后，得以独留在宝玉、宝钗身边；宝钗死后，她又终于能和离乱后与宝玉邂逅的史湘云会合。

这样看来，曹雪芹创作《红楼梦》期间，有两个女人在他身边，一个“云”，即有文化，能帮他写作的脂砚斋；一个“月”，即书中麝月的原型。“月”没什么文化，但不仅可以分担生活重担，也成为他和脂砚斋“燕市哭歌悲遇合，秦淮风月忆繁华”的活见证。在这种情况下，曹雪芹假借“八千里路云和月”的现成词句来表现他们历尽千辛万苦终于又相依为命的现状，就十分贴切自然了。

凌先生搜集的对联瓷字，真伪尚待专家进一步鉴定。我非专家，又未见到实物，只是觉得曹雪芹有可能利用岳飞的句子来暗抒他的胸臆隐情。通过得知瓷字消息后的一系列联想，我主要试图表达这样一个意思——《红楼梦》艺术手法上的一大特色，就是充分开发、运用汉字汉语在语意、语音上的多义、谐音等功能，在看似随手拈来的文句里，一击两鸣，一石三鸟，一声两歌，一手二牍，或背面敷粉，或暗度金针，意蕴深远，精彩绝伦。

薛宝钗的绣春囊？

在《许姬传七十年见闻录》（中华书局1985年5月第一版）里，有一段《徐仅叟谈〈红楼梦〉》引起了我的注意。徐仅叟是许姬传的外祖父，在清朝曾官至翰林院侍读学士，因上疏向光绪皇帝举荐康有为、梁启超等人，在戊戌变法失败后被判“绞监候”，到庚子事变时才侥幸出狱，后隐居杭州。这是位饱学之士，琴棋书画样样精通，还会唱昆曲，更精于医道。他熟读《红楼梦》，而且见解独特。据许姬传回忆，他年少时，曾亲见耳闻外祖父徐仅叟与客人畅谈《红楼梦》，那些客人都是当时著名的文人方家，有陈散原、冒鹤亭、夏剑丞等。

徐仅叟指出：“曹雪芹写书的方法，有些从正面写，也有从反面写，或者从夹缝里写。书里有些人描写得温慧贤良，端庄稳重，骨子里却做了不可告人的隐事……可以研究一下书里的谜。”接着便问：“傻大姐拾的绣春囊是谁的？”夏剑丞说，书里写到在迎春那里，从大丫鬟司棋的箱子里搜出了潘又安的情书，上面提到香袋，这绣春囊分明就是司棋的嘛。徐仅叟却道：“这是曹雪芹布的疑阵，如果信以为真，就被他瞒过了……”大约一盏茶的时间，众人都答不上来，徐仅叟便抛出他的谜底：“绣春囊是薛宝钗的！”举座皆惊。

不管是否认同徐仅叟的见解，有一点是必须肯定的——他读《红楼梦》很细。在抄检大观园一回里，写到从司棋的箱子里抄出了一个小包袱，打开看时，里面是一个同心如意并一个字帖。那字帖是大红双喜笺帖，上面写道：“上月你来家后，父母已觉察你我之意。但姑娘未出阁，尚不能完你我之心愿。若园内可以相见，你可托张妈给一信息。若得在园内一见，倒比来家得说话。千万，千万。再所赐香袋二个，今已查收外，特寄香珠一串，略表我心。”这个笺帖固然坐实了司棋“不轨”的“罪名”，但提到的同心如意、香珠都并非绣春囊，而且香袋是司棋送给园外的潘又安，被郑重查收了的。在古代，无论男女，都有在腰带上佩戴种种零碎小物的习俗。《红楼梦》第十七回，写到一群贾政的小厮为了和宝玉表示亲和，围上去，不容分说，将宝玉所佩之物，包括荷包、扇囊等，尽行解去。还写到林黛玉为此生气，把特为宝玉做的而尚未完工的一个香袋给剪破了。绣春囊虽然也是香袋之一种，可是它很特殊，俗称“十锦春意香袋”，不仅上头绣着“两个人赤条条的盘踞相抱”一类的色情图画，而且里面装的也是媚香、春药之类的促性发情的东西。这样的香囊有时会被藏在怀中，轻易不会露出来。书中写到过司棋与潘又安在园里幽会，被鸳鸯撞见，后来司棋忧虑而病等情节，但并未写到司棋为丢失绣春囊惴惴不安。而且搜出她的“赃证”后，她并无畏惧惭愧之意。既然从文本上并不能找到那绣春囊肯定是司棋的有关交代，阅读者根据自己的理解加以猜测就无可厚非了。

书中写到，王夫人见到邢夫人封交的绣春囊后，首先想到是贾琏从外头弄来，凤姐当作了“闺房私意”，不慎遗失到了园子里。凤姐又急又愧，登时紫涨了面皮，依炕沿双膝跪下，含泪抗辩，除为自己和平儿洗清外，又把嫌疑引向了贾赦的侍妾嫣红、翠云，贾珍的侍妾佩凤，甚至“不算甚老”的尤氏……但值得注意的一点是，无论王夫人还是凤姐，首选嫌疑者都是已婚的、有“房事之乐”者。而徐仅叟作为一个细心的阅读者，很有点立足于“接受美学”的味道，从文本引申出他的思路，最终把“谜底”投射到了薛宝钗身上。他的根据大体如下：

书里写到，抄检大观园时，同是亲戚，林黛玉被抄了，而薛宝钗却抄不得。事后薛宝钗反倒立即托词迁出大观园避嫌，还在尤氏挽留时，说出“你又不曾卖放了贼”那样的怪话。薛宝钗平时罕言寡语，人谓藏愚，安分随时，自云守拙，其实她工于心计，见多识广。她家开有当铺，她认得当票，她哥哥误把画春宫画的唐寅认作“庚黄”，自然那一类的东西很多。她在抓着林黛玉说酒令时引了两句《西厢记》《牡丹亭》的“小辫子”后，竟以势压人，要审黛玉，并称自己小时姊妹兄弟一处，也“怕看正经书”，见识过“不正经”的玩意儿。进京后她家人口简单，居处不大，哥哥的春宫画想必也“欣赏”过。以在滴翠亭她在小红、坠儿面前毫不犹豫地嫁祸黛玉的行径，可以推知她会有从哥哥那里得来的“市卖”的绣春囊。她就是那么一个让你知人知面不知心的、最出乎人意料的复杂人物。

我并不同意徐仅叟的推测。其实，他应该把他的思路精密化。比如说，想到香菱曾进园与薛宝钗一处居住，且有斗草换裙等行为，作为薛蟠的侍妾，她有绣春囊的可能性是大过薛宝钗的，而宝钗见过她的绣春囊，见怪不怪，是可能的。这样也更能解释清为什么在抄检后，薛宝钗要尽快离开那块是非之地。

徐仅叟的一家之言的意义，并不在猜谜道底本身，而是从一个侧面印证出，曹雪芹在人物描写、情节设置上达到了多么高妙的地步。比《红楼梦》晚出很久的，西方文豪笔下的包法利夫人也好，安娜·卡列尼娜也好，都道是性格复杂、立体化，可是究竟还能说得清她们是怎样的人。而光是一个薛宝钗，她生动得那样复杂，立体得那样难以说清道明，以至仁者、智者对她的理解竟能分驰得那般厉害。一个关于绣春囊究竟系谁所遗失的情节，能给阅读者那么丰富的揣想空间，对此，我们能不击案赞叹吗？

贾母天平哪边倾?

高鹗所续后四十回《红楼梦》影响最大的情节是贾母喜钗厌黛，在明知宝玉钟情黛玉的情况下，让王夫人、薛姨妈的“金玉姻缘”之说成为现实，更狠心地同意采取凤姐设下的“调包计”，使宝、黛向往的“木石姻缘”化为悲烟怒云。后来无论戏曲还是影视，都不约而同地将这一情节作为煽情的“戏眼”，以致许多读者、观众都以为那就是曹雪芹的原意。这里不拟评价高鹗这一续笔本身的优劣，只想告诉大家，就曹雪芹传世的前八十回所塑造的贾母这一形象而言，她那感情的天平始终未向宝钗倾斜，对钗、黛大体是一碗水端平，如果非要精微测量，分出高低，那么，虽不能说她厌钗，却实实在在是对黛玉更疼爱一些。

梁归智先生著有《石头记探佚》一书，其中《老太太和太太》一文的分析我很认同。他说：贾母的形象塑造得血肉丰满，“完全是立体的”；在对待宝玉和黛玉的恋爱婚姻问题上，她和王夫人的意愿、态度是尖锐对立的。这并不是说贾母具有和宝玉、黛玉一样的叛逆性格，但生活和人性就是这样复杂，正像贾母溺爱宝玉而反对贾政管教宝玉，使宝玉的叛逆性格得以自由发展一样，贾母也是宝黛恋爱的护法神。宝玉和黛玉都是贾母的“心肝儿肉”，贾母对他二人的关心照顾超过其他孙儿孙女，前八十回屡有明文，在在皆是。宝黛的感情纠葛闹得不可开交，她说那叫“不是冤家不聚头”。在八十回后，围绕着究竟是把黛玉还是宝钗配给宝玉，贾母和王夫人之间必有一系列从隐到明的冲突。周汝昌先生在《红楼梦的真故事》里，探佚出王夫人一派是在贾母病死、黛玉沉湖之后，才成就了貌合神离的“金玉姻缘”，那不仅是宝玉的悲剧，也是宝钗的不幸。这有一定道理。

细读前八十回文本，我们都会感觉到贾母对男性的孙辈、重孙辈，除钟爱宝玉、怜惜贾兰，举凡贾珍、贾琏、贾琮、贾环、贾蓉、贾蔷……或仅面情搪塞，或无动于衷，或竟至嫌厌；可是对孙女、重孙女辈，几乎是有一个喜欢一个，并旁及亲戚家的女孩子们。在她八旬之庆时，远亲家的姑娘喜鸾和四姐儿随家人来贺，她不仅留她们住下，还特意嘱咐不能嫌她们穷——“有人小看了他们，我听见可不依”。有个年轻的大学生跟我讨论，他说难道贾母也跟宝玉一样，认为女孩子是水做的？我说她可未必有那个“觉悟”。这恐怕是因为在清代旗人家里普遍有这样的风气，就是并不怎么歧视女孩。因为未嫁的女孩都有可能被选入宫，是潜在的“无价宝”。当然，贾母除了受风气影响，也是她自身的性格使然。第七十五回写贾母吃完饭下地和王夫人说闲话行食，要尤氏、鸳鸯、琥珀、银蝶等都破规坐下吃饭，笑道：“看着多多的人吃饭，最有趣的！”她所喜欢的“多多的人吃饭”，当然不是指有男人在场的那种正规宴席，而是大家庭女眷们的随意便酌，外加“破陈腐旧套”的主奴亲和所形成的热闹、喜兴气氛。

贾母对围绕在身边的如花少女们有一种由衷的泛爱，她当然也喜欢薛宝钗。第二十二回，宝钗在贾府过头一个生日时，贾母“喜她稳重和平”，蠲资二十两银子，交与凤姐去置酒戏。前八十回里明写贾母对宝钗的喜爱也就这么一笔。凤姐说二十两银子“够酒的？够戏的？”虽是逗笑，却也让读者明白，因为薛家是来寄住的客方，所以贾母才有出银的“客气”之举。宝钗在贾母问及爱听何戏、爱吃何物时，“总依贾母往日素喜者说了出来”，这当然使贾母更加欢悦。但她的“藏愚”“守拙”，终究还是引出了贾母的不快。第四十回，刘姥姥二进荣国府，贾母携她游大观园，来到宝钗住的蘅芜苑，“及进了房屋，雪洞一般，一色玩器全无”，又听说王夫人、凤姐儿曾送她玩器摆设，她一概退回，便批评道：“年轻的姑娘们，房里这样素净，也忌讳。我们这老婆子，越发该住马圈去了！”话很难听。这样难听的话，贾母未曾对其他女孩子说过，这不仅是贾母与宝钗二人在审美观上的冲突，也是人生观的冲突。后来宝钗堂妹薛宝琴来到贾府，贾母爱若掌上明珠，留在身边睡，给其珍奇的凫靥裘避雪，元宵夜宴取代宝钗与己同席，甚至向薛姨妈细问其年庚八字并家内景况，流露出特殊意图。到这个份儿上，宝钗在贾母心目中究竟是否有超常的分量，通过贾母实现“金玉姻缘”的可能性有多大，读者当心中有数了。

还是上面跟我讨论的大学生，他笑说，从优生学的角度，宝玉跟黛玉的血缘关系，比跟宝钗的血缘关系更进一层，二者相比，恐怕还是后一种婚配方式较好些。我跟他说，曹雪芹写的贾家故事，虽经艺术想象和必要剪裁已非曹家故实，但确实投射着其家族人物关系的阴影。从八十回文本的描写可以看出，贾政的原型是个过继给书中贾母原型的儿子，而贾赦虽确是贾政的亲哥哥，却另院别宅地居住，那原型根本与贾母连过继关系也没有（周汝昌先生在《红楼梦新证》里有详尽考证），所以，贾政其实并不是黛玉的亲舅舅而只是个堂舅，黛玉与宝玉的血缘关系，反要比宝钗与宝玉的血缘关系更远一些。这层微妙关系当然也笼罩在贾母心头。贾政这个儿子虽非亲生，但宝玉这个孙子却如清虚观张道士所说，“怎么就同当日国公爷一个稿子”！贾母怎能不倾心疼爱。贾赦、贾政根本不是她生的，但她有亲生的女儿贾敏，贾敏给她留下了遗孤黛玉。就血缘关系而论，黛玉于她而言更亲。以重血缘的封建观念而论，贾母这样一个贵族老太太，她的感情天平是无论如何很难朝别处倾斜而竟厌弃嫡亲的黛玉的。

“金兰”何指?

“金兰契互剖金兰语”，这是《红楼梦》第四十五回回目的前半。“金兰”语出《易经》：“二人同心，其利断金；同心之言，其臭如兰。”后来人们就把两个异姓人结为兄弟或姊妹的亲密关系称作“义结金兰”。我读到《红楼梦》这一回前半回，自然而然地认为“金兰契互剖金兰语”是概括李纨和王熙凤两人当众坦率交谈的一大段描写的。

第四十二回回目的前半，是“蘅芜君兰言解疑癖”，已经暗用了“金兰”的典故。写的是薛宝钗抓住林黛玉在大庭广众之下说酒令时说漏了嘴，暴露出她偷看过《西厢记》《牡丹亭》那样的“移性情”的“杂书”的把柄，把她唤到蘅芜苑中“审问”，教诲她“你我只该做些针黹纺织的事才是”，一席话说得林黛玉垂头吃茶，心下暗伏（注意，曹雪芹的原文是“心下暗伏”，高鹗篡改为“心下暗服”，“伏”是被对方占了上风暂且认输，“服”是完全被对方征服失去自我，很不一样。这更说明我们对《红楼梦》的正文乃至回目进行精微的文本研究，对于理解与鉴赏这部经典是十分必要的），只有答应“是”一字。这段情节，曾被评家用以证明薛宝钗是个封建道德的遵从者、鼓吹者、卫道士。但曹雪芹下笔刻画人物，绝非主题先行，褒贬随后，他总是把人物写得活灵活现，使你感觉到在那样的情境里，那样性格的一个人就是那么想、那么说、那么做的，因此评价起来也就很难贴正反对错的标签。这段情节，也可以理解为薛宝钗对林黛玉格外呵护，有着情同亲姊妹的情怀。

既然第四十二回已经将薛、林的关系喻为“金兰契”，那么仅仅隔了两回，是没有必要再重复的。细读第四十五回，全回情节明显分为两部分。前半回主要写李纨与王熙凤之间绝无仅有的一番直来直去的对话；后半回主要写林黛玉在与薛宝钗谈心后心中郁结难解，灯下读古乐府，心有所感，亦不禁发为章句，“风雨夕闷制风雨词”（这也就是这一回回目的后半）。如果“金兰契互剖金兰语”也是照应后半回的情节，那么，这一回回目的设置就未免向后半回倾斜得太过分了。揆之《红楼梦》回目，总是尽可能用八个字概括前半回的主要情节，再用另外八个字概括后半回的主要情节，而且如果前一句强调某人的戏，后一句就换成强调另一个人的戏，如“情切切良宵花解语　意绵绵静日玉生香”，“蜂腰桥设言传心事　潇湘馆春困发幽情”，等等。

李纨这个角色，虽然是“金陵十二钗”的第十一钗，出场的次数极多，但在前八十回里，绝大多数情况下，她都是场面上的陪衬，总是别人唱主角，她打打边鼓，帮帮腔而已。“十二钗”里的迎春、惜春在前八十回里也大体是这么个状况。迎春只有在“懦小姐不问累金凤”那半回里才当上主角。惜春只有在“矢孤介杜绝宁国府”那半回里才占据舞台中心。清代一般评家，都把那两个半回称作“迎春正传”“惜春正传”。我以为，第四十五回前半回应视为“李纨正传”。

李纨第四回首次亮相，被说成“居处于膏粱锦绣之中，竟如槁木死灰一般，一概无见无闻”。以后的频频出现，基本上是维系着这么个寡妇失业、温柔敦厚的形象。她的口齿虽然还不到“锯了嘴的葫芦”那么憨笨的程度，但总是不多说不少道，以折中平和为特色，以至她究竟都说过些什么，在第四十五回前很难给读者留下深刻印象。但到了第四十五回，她大开金口，主动出击，与王熙凤发生了剧烈的语言碰撞。请看她当众抛给王熙凤的这些肺腑之言：“真真你是个水晶心肝玻璃人。”“你们听听，我说了一句，他就疯了，说了两车的无赖泥腿世俗专会打细算盘分斤拨两的话出来。这东西亏他托生在诗书大宦名门之家做小姐，出了嫁又是这样……若是生在贫寒小户人家，作个小子，还不知怎么下作贫嘴恶舌的呢！天下人都被你算计了去！昨儿还打平儿呢，亏你伸的出手来！那黄汤难道灌丧了狗肚子里去了？……给平儿拾鞋也不要，你们两个只该换一个过子才是。”王熙凤一生中所受的当众抢白，其激烈与不留一丝情面的程度，以此为最。真是惊若焦雷，直劈心窝。李纨的性格与内心世界，顿时超越“槁木死灰”的定论而立体化起来，丰满、复杂，耐人寻味。最妙的是王熙凤对李纨的偶露峥嵘，不仅没有表现出惊诧愤恚，反而当众“笑纳”退让，说明她与李纨其实互相深知对方心底的想法，并且都有包容度和消化力。把她们妯娌二人的关系比作“金兰契”，把她们的一番语言碰撞说成是“互剖金兰语”，不是很恰切吗？

夹缝里的人生

1

林黛玉初到荣国府，先去见外祖母。书里交代得很清楚，荣国府中轴线上的主建筑群，正房挂着皇帝赐的金匾，以及一副谦称“同乡世教弟勋袭东安郡王穆莳拜手书”的银联（实际是书中“义忠亲王老千岁”所题），那是贾政和王夫人居住的空间。贾母则住在这组中轴线主建筑西边的一处院落。林黛玉的轿子是从西角门抬进府里的，走了一射之地，下这轿子后，再换另一乘轿子，又抬了一段，才到达贾母院落的垂花门前。林黛玉再下轿，众婆子围随，进垂花门，两边是抄手游廊，当中是穿堂，转过穿堂的大插屏，现出三间厅，厅后方是正房大院，正房五间，皆是雕梁画栋，两边以穿山游廊连接厢房。

贾母的院落相当气派，面积很大，房架很高。五间正房里有套间，套间里有暖阁，还有碧纱橱，所以不但她自己住得很舒服，还可以把最喜爱的孙辈宝、黛都留在同一个大空间里居住，史湘云来了也常跟她住在一起。第四十回刘姥姥这样表述她对贾母住房的印象："人人都说大家子住大房。昨儿见了老太太正房，配上大箱大柜大桌子大床，果然威武。那柜子比我们那一间房子还大还高。怪道后院子里有个梯子。我想并不上房晒东西，预备个梯子作什么？后来我想起来，定是为开顶柜收放东西，非离了那梯子，怎么得上去呢。"

贾母的院落与贾政、王夫人的院落之间，是一条南北向的宽夹道，两院各有角门与夹道相通。这夹道的南边，是倒座三间小小的抱厦厅，北边呢，立着一个粉油大影壁，后有一半大门，小小一所房舍，那是贾琏、王熙凤的住所。王熙凤可谓荣国府的主事人，但她辈分低，居住空间当然也就只好小一些。第六回，曹雪芹透过一进荣国府的刘姥姥的眼光感受，把那空间里的景象描写得很细腻，凸显着豪门贵族的荣华奢靡。

附带说一下，书里对荣国府内部建筑格局的交代，是随着情节的推移不断细化的。比如，林黛玉入府，进西角门走了“一射之地”。“一射”就是武夫用力拉弓射箭，箭飞过的距离，怎么说也有五十米以上。那么，在贾母院门外，那么大的一片空间，难道都是空地吗？看到后面，我们就知道，在荣国府西南的那个位置，以及相对应的东南一带，还有供下人住的群房。金钏被撵出去以后，就暂时被发落在那里，结果她无法承受羞辱感，投入东南角的水井“烈死”。第三十九回写刘姥姥二进荣国府，正“信口开合”讲“若玉小姐抽柴”的故事，结果外面人吵嚷起来，原来是府里南院马棚“走了水”，也就是发生了火灾。贾母扶了人出至廊上来瞧，“只见东南上火光犹亮”，当然那火很快被扑灭。这就进一步证实，贾母院东南边，还有一片级别比较低的建筑群，而贾母正房的房基很高，站在廊上，能望见那边的火光。第四十三回，写“闲取乐偶攒金庆寿”，给凤姐过生日，交代说贾母院里新盖了个大花厅，可以在里面坐席听戏。可见贾母的院落非常宏阔，估计盖了新花厅，仍有足够栽花种树的露地。

书里不少情节集中发生在贾母、王夫人和王熙凤生活的这三个居住空间里。

值得注意的是，设定为贾母长子并袭了一等将军爵位的贾赦，却并不住在荣国府里。不就近侍候自己的生母，这很奇怪。书里很清楚地交代，邢夫人带黛玉去他们那边，是要先出荣国府西角门，坐一辆翠幄青绸车，路过荣国府正门，另入一黑油大门，才能抵达。“黛玉度其房屋院宇，必是荣府中花园隔断过来的，进入三层仪门，果见正房厢庑游廊，悉见小巧别致，不似方才那边轩峻壮丽”，这也很奇怪。书里未说贾母两个儿子分了家，为什么袭爵的大儿子却把荣国府中轴线上的正房大院让给并没有爵位的弟弟去住？既然两兄弟居所挨着，为什么不在隔墙上开门相通，互相来往竟需要先出大门乘轿坐车，再进对方大门？我在前面对此有所分析，这里从略。

书里（指曹雪芹留下的八十回）直接写到发生在贾赦、邢夫人那个院落里的事情，只有第三回、第二十四回两次，写宝玉奉贾母之命去探望生病的伯父，在那里见到了黑眉乌嘴的贾琮。

至于宁国府，书里有些篇幅写到那边的事情。在具体的屋宇园林的描写上，或极度夸张（如秦可卿的卧室），或比较含混（如王熙凤眼中的“园中秋景令”），尤其是对各个建筑物的平面关系，缺乏明确的交代。第七十五回写到贾珍在天香楼下箭道内立了鹄子，早饭后约请一些公子哥儿来“习射”，那箭道的形状应该与夹道类似。

当然，从第十七、十八回以后，书里的大量情节就都发生在大观园里了。

曹雪芹对发生在荣国府里的故事的空间设计，

一是有原型依据，二是恐怕会绘制出一幅从原型出发而加以艺术想象的屋宇园林示意图，怪道他笔下的空间转换基本上流畅自如，前后接榫，滴水不漏。大体而言，他对大观园的描写想象的成分多，而对荣国府原有建筑群的描写则非常写实，甚至有些回忆录的味道。

现在我要特别研究一下，在曹雪芹笔下，除了发生在荣国府那些大大小小的院落里的故事，还有哪些发生在建筑群之间的夹道里的事情。

2

荣国府里不止一个夹道。除了上节写到的那个位于贾母院和王夫人院之间的南北向夹道，第四回就写到，薛姨妈一家来了，被安排住进府里东北角一处叫梨香院的房舍。“原来这梨香院即当日荣公暮年养静之所，小小巧巧，约有十余间房屋，前厅后舍俱全。另有一门通街……西南有一角门，通一夹道，出夹道便是王夫人正房的东边了。”这夹道应该也是南北向的。后来因修建大观园，迎接元妃省亲，梨香院又腾出来给贾蔷管理的十二官戏班子使用，薛姨妈一家就又挪到了府里更东北边的一处院落里居住。

第七回写王夫人陪房周瑞家的欲找王夫人回话，谁知王夫人不在上房，到梨香院找她妹妹说话去了，周瑞家的便转出东角门至荣国府东院，通过夹道，往东北边的梨香院去。所谓陪房，就是一房人，夫妻连带儿女，被当作陪嫁物，随富豪家的小姐一起嫁到其夫家，在那边继续服役。周瑞家的是周瑞的媳妇，因为得到王夫人信任，王熙凤一辈的，都唤她周姐姐，算是有头有脸有一定权势的仆妇。但不管怎么说，到头来，她的身份，还是一个地道的奴才，是一个夹缝里求生存的卑微生命。

第七回写周瑞家的奉薛姨妈之命，去给众位小姐、媳妇送宫花，把她送花的路线写得非常细致。她出了梨香院，先携花来到王夫人正房后头。当时迎、探、惜三位小姐分住在王夫人房后三间小抱厦内，贾母命李纨陪伴照管。周瑞家的把花分别送给迎、探、惜后，“便往凤姐儿处来。穿夹道从李纨后窗下过，隔着玻璃窗户，见李纨在炕上歪着睡觉呢，遂越过西花墙，出西角门进入凤姐院中”。在凤姐那边完成任务后，才往贾母这边来。过了穿堂，忽然遇见了她女儿，跟女儿说完话，才进入贾母正房，在宝玉住的那间屋子里，见到了正跟宝玉解九连环玩的黛玉。周瑞家的把两枝花献给黛玉，黛玉冷笑道：“我就知道，别人不挑剩下的也不给我。”周瑞家的听了，一声儿不言语。确实，周瑞家的能说什么呢？读者从前面的描写里清楚地看出，她送花的路线，由近而远，循序渐进，并没有什么错失。但黛玉是何等身份，何等角色，哪有辩解的余地？只得忍气吞声。

从这样细腻的文笔里，我们仿佛随着周瑞家的脚步，进一步了然了荣国府里建筑的空间布局：当中是正房大院，正院西边是贾母院，这两个院落的后缘基本上平齐，当中是一条南北向夹道，夹道北是凤姐院，勾连夹道的有角门，有穿堂；正院东边的院落应该很大，梨香院在东院东北角，它的下缘比王夫人的那个院子还要靠北，从梨香院出来，要通过一条南北向夹道，才能到达王夫人院后的抱厦，那抱厦外则有一条东西向的夹道，尽头是花墙，花墙上有角门，出那角门可通凤姐院。这样，我们就至少知道了三个互相连属的夹道了。

3

送宫花为什么不送给李纨？李纨是寡妇，连脂粉都不能涂抹，遑论戴花。第七十五回写尤氏到荣国府来，进大观园，至李纨住的稻香村，想洗个脸补补妆，因为李纨没有脂粉，大丫鬟素云就把自己的拿出来，请尤氏将就着用。李纨责备她："我虽没有，你就该往姑娘们那里取去，怎么公然拿出你的来。"尤氏好脾气，也就用了。这个细节再一次让我们知道，李纨只能如槁木死灰般生存，戴花的乐趣都被剥夺了，那是非常残酷的封建礼教，有一大套繁缛的规矩，维护着那个社会的伦理秩序。

像王夫人院、贾母院、王熙凤院，一般人未经特许是不能擅入的。那是贵族府第里的伦理秩序。曹雪芹把这一点写得非常清晰。府里其实有着多样的生命存在，有大大小小的管家、办事人员、清客相公、小厮仆妇、门房杂役、厨子马夫……第六十三回还透露，荣国府里还有皇帝征戎大胜后赏给府里的几家土番。这些生命，多半只能在划定的区域里活动，如果“有幸”遇见主子，也多半是在夹道里偶然邂逅。

第八回写宝玉一时兴起，往梨香院看望宝钗，“若从上房后角门过去，又恐遇见别事缠绕，再或可巧遇见他父亲，更为不妥，宁可绕远路罢了”。于是他仍从贾母院往南出二门，跟从的丫鬟嬷嬷以为他是去宁国府，结果他到了穿堂，又折向东边再往北边，绕厅后而去。显然，他是要去通向梨香院的夹道。他倒是躲过了动辄逼他读书上进的父亲，可是，“偏顶头遇见了门下清客相公詹光、单聘仁二人走来，一见了宝玉，便都笑着赶上来，一个抱住腰，一个携着手，都道：‘我的菩萨哥儿，我说作了好梦呢，好容易得遇见了你。’说着，请了安，又问好，劳叨半日，方才走开”。打听得当时贾政正在梦坡斋小书房里歇中觉，宝玉才算松了口气。那梦坡斋，位置应该就在上房院东北后角门附近。

曹雪芹在第十七回“大观园试才题对额”和第七十八回“老学士闲征姽婳词”两段情节里，集中刻画了詹光、单聘仁等清客相公的嘴脸。这是些典型的社会填充物。妓女是以色事人，他们是以才事人，都有很辛酸的一面。这些清客相公一般都通琴棋书画，可以在主子面前陪读、陪吟、陪聊、陪笑、陪奏、陪歌、陪棋、陪卜、陪绘、陪书、陪观、陪游……当然，更重要的是看主子脸色，揣摩主子心思，赔尽小心。曹雪芹把詹、单二清客的首次亮相，特意安排在了荣国府的东夹道一带，既符合生活的真实，更是具有隐喻的空间安排。

宝玉满心满意要去见的是宝姐姐，谁知往北去那梨香院经过的东院里，有府里一片办事房，“可巧银库房的总领名吴新登与仓上的头目名戴良，还有几个管事的头目，共有七个人，从账房里出来，一见了宝玉赶来都一齐垂手站住。独有一个买办名唤钱华，因他多日未见宝玉，忙上来打千儿请安，宝玉忙含笑携他起来”。那些人就恭维宝玉斗方儿写得好。宝玉并不停步，敷衍他们两句，径往梨香院而去。曹雪芹笔下这两拨在东夹道附近跟宝玉相遇的人，肢体语言大不一样，前二人轻佻，后七人恭肃，都很符合他们在府里扮演的角色。清客相公相当于宫里的弄臣，本是供主子取乐的，他们适度轻佻乃职业本色，但办事员们就不一样了，虽然背地里坑坏主子，表面上则争先表现自己的中规中矩。

第十七、十八回（古本两回未分开），写到宝玉在贾政对他“试才题对额”后，不得不跟到贾政书房，出贾政院时，被跟贾政的几个小厮拦腰抱住，把他身上挂的荷包等佩带物尽行解去，那应该也是发生在夹道里的事。

第三十回写宝玉大中午的“从贾母这里出来，往西过了穿堂，便是凤姐的院落……只见院门掩着……进去不便，遂进角门，来到王夫人上房内……”空间转换写得一丝不苟，与前面的交代完全对榫。

第十一回、十二回，贾瑞想占有凤姐，反被凤姐要弄，最后死去的情节，估计是曹雪芹从旧作《风月宝鉴》里取用化入的。凤姐毒设相思局，先利用了凤姐院和贾母院之间的穿堂，后来又利用了她那小院后面的夹道空房，那里有高大的房基形成的台矶，与仆人们的住房区域相通，再往北就是府第的后门了。这样的空间交代与前面的描写是相符的。第六回刘姥姥好不容易摸进后门，找到周瑞家，周瑞家的就是从北边把她带到凤姐院里的。贾瑞也属于一种社会填充物，而且是最无聊的一种，他那夹缝里的卑劣人生，很快由他自己以妄想型的纵欲而结束。

4

夹道对于荣国府的主子们来说，不过是从一处使用空间转换到另一处使用空间的过渡地带，经过时很少特意停留。但是对于像贾芸那样的角色——论血统跟荣、宁二府同谱，论现实社会地位和经济状态，却与二府有天壤之别——荣国府里的夹道却是他们攀附贵亲的可利用空间。

贾芸以同宗亲戚的身份，混进荣国府角门二门不难，但想登堂入室，就得费尽心机了。他一般情况下总是在夹道里徘徊，希图逮机会“偶遇”府里的主子，趋前建立起较为亲密的关系，以谋取自己的利益。

第二十四回，写到贾赦偶感风寒，贾琏从那边请安回来，宝玉则正要也去请安，一个下马，一个正待上马，哥俩对面，少不得寒暄几句，那位置，应该是在贾母院外，离夹道很近的地方。他们刚说了两句话，忽然转出一个人来，就是贾芸。贾芸显然老早就埋伏在夹道里听动静，有此良机，焉能错过，就转出来给宝玉请安。宝玉根本不认得他，贾琏就告诉说：“他是后廊上住的五嫂子的儿子芸儿。”(第二十二回贾琏跟凤姐提起他时，则说是住在“西廊下”)宝玉随口应酬几句，更随意说了一句：“你倒比先越发出挑了，倒像我的儿子。”贾琏笑道：“好不害臊！人家比你大四五岁呢，就替你作儿子了？”原来那贾芸已经十八岁了。没等宝玉反应过来，伶俐乖觉的贾芸意识到机会难得，良机绝不可失，便马上笑道：“俗话说的，‘摇车里的爷爷，拄拐的孙孙’。虽然岁数大，山高高不过太阳。自从我父亲没了，这几年也无人照管教导。如若宝叔不嫌侄儿蠢笨，认作儿子，就是我的造化了。”宝玉听此甜言，就糊里糊涂地认了个干儿。

贾芸住在西廊下。所谓廊下，指的是庙宇正院两侧厢房后边的夹道。我童年时代住在北京钱粮胡同，挨着隆福寺。那时候寺庙建筑还相当完整，两侧的厢房由一些市民杂居。厢房有廊子相连属，所以叫廊下，住在那里也可以说是“住廊上”。那些房屋既有门通庙也有门通街。所谓通街，其实那街就是原来厢房与庙墙之间的夹道，后来两头开通，变成了胡同。隆福寺两侧的胡同，一侧叫东廊下，一侧叫西廊下，我那时从与之垂直的钱粮胡同去隆福寺小学上学，天天都可以穿过东廊下或西廊下来回。当然，北京不止一处庙宇有西廊下和东廊下。据有的红学家考证，荣、宁二府的原型，大体在北京的西北城。则书里贾芸、泼皮倪二等居住的“西廊下”的原型，很可能也位于北京西北的护国寺一带，这与书里写到的二尤的故事，贾琏偷娶尤二姨安家在花枝巷，都是对应的。花枝巷干脆直接用了真实的地名，现在北京城西北什刹海附近，还有条一直把名称延续了几百年的花枝胡同。我青年时期任教十多年的那所中学也在那附近，有的学生就住在花枝胡同里。我读《红楼梦》，确实有特殊的亲切感。

我感觉，北京的小市民，特别是什刹海一带的小市民，至今身上还延续着贾芸的人格基因，那就是特别善于在夹缝里求生存。甚至在困顿时期，稍有松缓，就会有人苦中作乐，重新栽种点玻璃翠那样的花草，养几尾小金鱼；在前海与后海相交的银锭桥畔，就会在早晨和傍晚出现卖碎马掌片（用作花肥）和鱼虫（用来喂鱼）的身影。这是些顽强的生命，在大时代的缝隙里，他们有自己不以言辞表达的生存哲学。

我就这样来理解《红楼梦》里的贾芸。他与上面提到的清客相公和账房管事等生命存在还有所不同，那些人身上有太明显的势利眼与贪婪心。虚伪是带有损人性的，贾芸却只是朴素地为自己的生计着想，他的虚伪只是一种小市民的庸俗客套，即使为了利己，却并不损人。

在书里，贾芸好几次出现在夹道一类的地方。他向贾琏求份差事不成，去向亲舅舅卜世仁求援更遭排揎，但他并未灰心丧气，巧遇醉金刚倪二，意外地从其义侠之举中换取了向凤姐献媚的麝香、冰片。于是，在同回书里，他又出现在夹道里，这次是在那条夹道的北端，到了贾琏和王熙凤那个院门前，“只见几个小厮拿着大高笤帚在那里扫院子呢”。正待时机，天赐良机，一群人簇着凤姐出来了，他忙把手逼着（就是双臂下垂，手掌紧贴身体），恭恭敬敬抢上去请安。凤姐哪里用正眼瞅他，只顾往前走，随口几句话打发他。他却进一步发挥小市民那嘴里涂蜜的舌上功夫，把凤姐奉承得浑身舒坦。于是，凤姐不但满脸绽笑，居然还停下了脚步。贾芸赶紧边继续奉承边把装麝香、冰片的锦匣举起献上。尽管机关算尽的凤姐并没有马上派他差事，但他后来终于得到了在大观园里补种花草树木的美差，人生境遇由此有了个良性的转折。

贾芸认宝玉作干爹，主要是想借机混进大观园，扩眼界，觅生计。还是第二十四回——这回书的主角是贾芸和小红，曹雪芹非常细腻地描写了这两个生命的存在状态与人生追求。那种一提《红楼梦》就只记得宝、黛爱情的读者，现在应该懂得，《红楼梦》是极其丰富的文学画廊，即使完全把十二钗的故事暂搁一边，书里仍有非常丰富的人物刻画与极具深度的人生戏剧。曹雪芹写到贾芸又一次来到荣国府，依然只能在主建筑空间外围寻觅机会。书里补写出贾母院仪门外有处外书房，叫绮霰斋。就在那个地方，他有了一次艳遇。而巧遇他的小红，知道他是本家爷们，“便不似先前那等回避，下死眼把贾芸盯了两眼”。在那样的社会里，一对青年男女敢于互相正视，而且你言我语，算是非常大胆，可谓一见钟情。

贾芸和小红的爱情故事，是曹雪芹在《红

楼梦》里安排的一个大关目、大过节，切不可漠然轻视。八十回后，据脂砚斋批语透露，贾芸和小红有情人终成眷属；贾府被抄家治罪，他们没有被波及，但他们不怕受株连，主动去营救凤姐和宝玉；小红和另一个比她更早离开荣国府的茜雪（因为一杯枫露茶的事情被撵了出去），到监狱的狱神庙去安慰他们，贾芸则“仗义探庵”。可惜因为那些已经写成的文稿都被“借阅者迷失”，我们很难想象，贾芸探的是哪个庵（栊翠庵？馒头庵？水仙庵？），探的是庵里的谁，那探望是想达到什么目的，究竟达到了没有，大结局是什么……

5

对《红楼梦》进行文本细读，我们会拾回很多过去忽略的文句情节，从而产生更强烈的探秘兴趣。比如，上一节提到，第二十四回，写到荣国府里有一处外书房叫绮霰斋，宝玉的丫鬟里就有一位叫绮霰。绮霰这个名字跟晴雯分明是对应的，就像麝月跟檀云对应一样。但绮霰作为丫鬟写得模模糊糊，没什么“戏”（檀云也没“戏”）。那么，她的名字怎么会与外书房的斋名相重呢？

也有细读后可以有所领悟的地方。比如，因为曹雪芹避免写清代男子的薙发留辫和长袍马褂，再加上后来改编的戏剧影视多让男角穿戏装，于是有人怀疑书里写的生活景象究竟是不是清代的。上面引用买办钱华在夹道里见到宝玉，“忙上来打千儿请安”，“打千儿”是清代特有的男人向人致敬的肢体语言：左膝前屈，右腿后弯，上身微俯，左臂后背，右手下垂，口中问好。“打千儿”这种礼节名称和方式，在清代以前都是没有的。因此，尽管作者托言笔下所写的故事“无朝代年纪可考”，其实却是“大有考证”（脂砚斋语）。

还有贾芸引的那句俗话：“摇车里的爷爷，拄拐的孙孙。”“摇车”不是汉族的摇篮，是满族特有的一种育儿工具，男婴出生第七天，要举行“上摇车”的仪式，那是很重要的一个日子。“摇车”据说是吊在屋梁上的一种摇篮。为什么偏叫“车”？在满语里有特别吉祥的含义，那“车”里会搁放若干满族特有的吉祥物。这说明《红楼梦》里写的，是一种满、汉文化互相交融的社会生活。

不进行文本细读，还会忽略一些其实非常重要的伏笔。比如第二十八回，这回的主体情节是“蒋玉菡情赠茜香罗　薛宝钗羞笼红麝串”，但其中有一个“过场戏”，用了三百多个字，篇幅不算很小了，那“过场戏”的空间位置，就在凤姐院门外，那条夹道的北头。

宝玉从王夫人院出来，往西院贾母那边去，“可巧走到凤姐儿院门前，只见凤姐蹬着门槛子拿耳挖子剔牙，看着十来个小厮们挪花盆呢”。凤姐的肢体做派经常如此，形成了她个人的性格符码。第三十六回，她从王夫人屋里出来，“把袖子挽了几挽，跐着那角门的门槛子，笑道：‘这里过门风倒凉快，吹一吹再走。’”接着就跟众人说了一番狠话。但第二十八回在那夹道尽头她的院门前，她对宝玉却全是温言软语。她让宝玉进屋去帮她写个单子，要求写上“大红妆缎四十匹，蟒缎四十匹，上用纱各色一百匹，金项圈四个”。宝玉觉得奇怪，问：“这算什么？又不是账，又不是礼物，怎么个写法？”凤姐道：“你只管写上，横竖我自己明白就罢了。”宝玉在这类事情上照例绝不深入探究，写完再应答几句，忙慌慌去贾母那边院里找林妹妹去了。

第二十三回，写到宝玉从贾政、王夫人院里听训出来，如获大赦，往贾母院里跑。这段情节跟凤姐没有关系，但有条脂砚斋批语却指出：“妙！这便是凤姐扫雪拾玉处，一丝不乱。”

曹雪芹几次把跟凤姐有关的情节安排在夹道、穿堂这样的空间里，不管他主观上有没有那样的用意，作为读者，我们会感觉到，那是凤姐在“日月双悬照乾坤”的政治夹缝，以及邢、王二夫人对峙的家族夹缝中，“机关算尽太聪明，反误了卿卿性命”“枉费了，意悬悬半世心”的一种艺术隐喻。

6

从某种意义上说，贾宝玉何尝不是一个“夹缝里的生命”。贾宝玉要由着自己的性子生活。他“懒与士大夫诸男人接谈，又最厌峨冠礼服贺吊往还等事”，“潦倒不通世务，愚顽怕读文章”。他跟父亲之间发生激烈冲突，原因之一就是父亲“恨铁不成钢”，怎么把他往仕途经济上引也是徒劳枉然。但如果把贾宝玉笼统地定位于“反封建的新人”，则未必符合书里的描写。

第五十二回，有一次写到荣国府夹道，呈现了值得注意的一幕。宝玉穿着贾母给他的雀金裘，出发去他舅舅王子滕家拜寿。他并不想去，却不得不去。老嬷嬷跟至厅上，只见六个大男仆和四个小厮，笼着一匹雕鞍彩辔的白马，已在那里立候多时。宝玉被他们护卫着上了马，说：“咱们打这角门走罢，省得到了老爷的书房门口又下来。”这时男仆周瑞就侧身笑道：“老爷不在家，书房天天锁着的，爷可以不用下来罢了。”早在第三十七回，还是秋天的时候，贾政就被皇帝点了学差，到外省去了，直到第七十一回，已是再一年的初秋，才交代贾政回到家里。按说第五十二回过年的时候，父亲不在家，宝玉更可以大肆“反封建”，讲究什么“过父亲书房必须下马”的“破礼节”。但是，书里怎么写的呢？宝玉对周瑞笑道：“虽锁着，也要下来的。”这就说明，宝玉并不为一个先验的观念去选择生存方式，他只不过是希望父亲也好，宝钗也好，别的什么人也好，不要勉强他去投入仕途经济，至于封建伦常秩序的礼数，他觉得并未伤及他的个性，甚至有时还能从中获得温馨乐趣，他并不想去破坏、对抗。

于是，宝玉就骑着那白马，让过书房的位置，出了角门。这时的空间位置应该是在夹道当中了，结果顶头遇见了大管家赖大，宝玉忙笼住马，意欲下马——在清朝满族贵族家庭，服侍过上一辈的老仆，特别是府里的大管家，小辈主子按规定是必须要尽到礼数的——宝玉其实完全可以拒绝这一套，但他并没有丝毫反叛性行为，倒是赖大忙上去抱住了他的腿。宝玉呢，还要施礼，“便在镫上站起来”，这是一个替代下马的姿态，并且还携着赖大的手，说了几句客气话。

这就是曹雪芹笔下的宝玉。他企图在摆脱封建礼教桎梏个性的方面进行一些抗争，又在遵守、享受封建伦常的温情方面表现出一些乖觉，求得在那样一个社会家庭环境中的平衡。这实际上也就是把自己从封建社会的“砖瓦”中抽出，却又仍在“砖瓦缝”里成了一种“填充物”。这种“填充物”并不起到黏合“砖瓦”的作用，长远来说，由于只是一种寄生状态，是疏松的、随时可能游离的，作为“消极填充物’，它最终可能会使“砖瓦”松动，但要达到“忽喇喇似大厦倾”，那就还得靠“厦墙”外的真正具有革命性的力量。跟那样的存在相比，宝玉也好，黛玉也好，还只能算“夹缝中的生命”，显得脆弱、渺小。

值得注意的是，紧接着这个情节，还出现了一个场景：“接着又见一个小厮带着二三十个拿扫帚簸箕的人进来，见了宝玉，都顺墙垂手立住，独那为首的小厮打千儿，请了一个安。宝玉不识名姓，只微笑点了点头儿。马已过去，那人方带人去了。”于是出了角门，门外又有男仆、小厮、马夫一大群，再出角门，才是府外，前引旁围的一阵风去了。

《红楼梦》里很少出现底层人物，书里的那些大小丫鬟，从社会阶级属性上可以算作女奴，但跟府外的奴隶们相比，她们的衣食住行就强太多了。书里也还出现了二丫头等农民形象，但惊鸿掠影，一闪而去。夹道里的这二三十个拿扫帚簸箕的小厮，也只偶然露了下脸，且是群像。曹雪芹为什么特意写夹道，写夹道中有这样一些最底层的生命？我想，他是要让读者知道，这诗礼簪缨族、温柔富贵乡，不是凭空存在的。

在“大府戏”里安排“夹道”的场次，说明曹雪芹的确是大手笔，也说明《红楼梦》文本确实是丰厚细密，这“一粒米”，把大千世界呈现得多么精微剔透。

原是天真烂漫之人

1

《红楼梦》具有浪漫色彩，不是严格的写实，曹雪芹还特别爱使用“烟云模糊”的艺术手法，一开篇就宣称他所讲述的故事朝代年纪、地舆邦国“失落无考”。但是，通过文本细读，我们还是不难认定，他写的“朝代年纪”就是清代康、雍、乾三朝，主要情节的背景是乾隆朝初期；“邦国”就是中国；“地舆”呢，从第三回以后至第八十回，基本上都写的是北京。因此，总体而言，《红楼梦》的文本特性还是写实的。它的人物、事件、物件乃至细节和某些具体的人物话语，多半是有原型的。鲁迅先生对它的评价是“正因写实，转成新鲜”，抓住了它本质的一面。请注意，我说到原型时，说“多半是有”，并没有绝对化。我对某些书中角色进行原型研究时，并不是把生活原型跟艺术形象画等号。我的目的，只在于揭示这类写实性作品从生活真实升华为艺术真实的奥秘。

书中有一大事件和一大空间，显然是艺术想象大大地超越了生活真实。一大事件就是元妃省亲，一大空间就是因元妃省亲而派生出的大观园。余英时先生早在三十多年前就有《红楼梦的两个世界》的论述，对《红楼梦》文本的写实世界和虚构世界有严格区分，也论及其相互交融。

我现在要强调的是《红楼梦》文本的写实成分。曹雪芹生活在十八世纪中叶，马克思创立历史唯物主义学说，恩格斯关于写实性质的小说应该塑造“典型环境中的典型人物”的论断，都是十九世纪下半叶的事情了，但一些论家仍能根据《红楼梦》的文本，论出书中人物的阶级特性，并将主要的一些艺术形象纳入“文学典型”的范式。当然不能据此判定曹雪芹早于马、恩就具有了唯物史观的阶级分析能力，以及刻意要塑造“典型环境中的典型人物”的艺术自觉。他不可能有那样的历史观和艺术观，但他写下的文本能让二十世纪的一些论者并不特别困难地使用阶级分析和艺术典型的方法来诠释，却也证明着曹雪芹的伟大——正因为他从自身生命体验出发，以真实为目的，所以使后世论家对这样一部基本写实的长篇小说进行开放式阅读和欣赏成为可能。这是写实的胜利，可谓“真实就是力量”或“真实就是魅力”。

2

“原是天真烂漫之人”这句考语，出现在第七十四回，是曹雪芹对王夫人秉性的概括。小说中王夫人的原型，应该就是康熙朝后期至雍正朝初期江宁织造曹頫的正妻。曹雪芹笔下的王夫人，和其他许多艺术形象一样，显得非常真实。这真实的魅力源于什么？我以为，他是进入了人物的内心，把握住了人性的真实。这是小说艺术中最重要的一种功力。说王夫人是一个封建礼教的推行者，戕害了若干丫鬟，有人命案，最后更扼杀了儿子宝玉的爱情，使他活得无趣，终于“悬崖撒手”，那是近半个世纪一些论者的论说。这样的论说当然有一定道理，但曹雪芹绝对不是心存这样的道理来刻画王夫人这个角色的。从道理出发，即从概念出发，是绝对写不好小说，塑造不了生动的艺术形象的。

《红楼梦》前八十回里，除了某些片段有比较激烈的冲突呈现，在大多数篇章里，其实是一派平静。无非是晚辈对长辈的晨昏定省，吃了这顿吃下顿，或者再在饭前饭后饮茶吃点心，要么就是红白喜事，过节摆宴唱戏，老一辈的多半在那里客气来客气去，小一辈的吟诗填词，人们互相说一些话，而且多半是“因笑说”“遂笑道”。王夫人除了在一次午睡时突然起身打骂金钏，以及后来抄检大观园前后怒斥晴雯、芳官、四儿等人，算是偶露峥嵘，在更多的情节流动中，她基本上是安静的，甚至显得有些木讷。一般论家、读者因此也就多从撵金钏、逐晴雯等“大动作”来认知她。

其实，曹雪芹是着力来写荣国府的家族政治的。所谓政治，就是权力与财富的配置。在荣国府里，最重要的家族政治就是宝玉的婚姻。从王夫人的立场来考虑这个问题，不消说，最理想的方案就是把薛宝钗嫁给宝玉。这不仅是因为宝钗符合封建道德的规范，更重要的是，宝钗的母亲薛姨妈是她妹妹，这桩婚事成功，也就意味着她们王氏姐妹牢牢地控制住了荣国府的内部权力。第八回第一次写到“金玉姻缘”之说，还只是借莺儿发端，表达得比较含蓄，但是到第二十八回，就通过宝钗自己的心理活动挑明了写：“因往日母亲对王夫人等曾提过‘金锁是个和尚给的，等日后有玉的方可结为婚姻’……”可见王氏姐妹联手大造“金玉姻缘”的舆论，对她们来说，那是势在必得的。

按说，宝玉的婚事，决定权在贾政手上。但书里写得很清楚，贾政中年以后几乎完全不理家务，凡事都交给王夫人去处理，对于处理结果，往往以一句“知道了”打住。曹雪芹笔下的贾政，从典型论的角度分析，确实也很典型。这是一个那个时代常见的，把政务、家务、性事截然分开的官僚。他是宁、荣二府——把贾赦那个黑油门院落也算上——里面，唯一一个每天需要去官府理事的男子。他竭诚为皇帝服务，回到家里多半只在外书房里跟清客们一起消遣。晚上呢，书里交代得很清楚，他和王夫人之间早已互相没了“性趣”，周姨娘也很少近身，他是由赵姨娘服侍睡觉的。因此，娶宝钗为宝玉正妻，只要王夫人择时提出，贾政绝对不会阻挠。

宝玉虽然跟所有的青春女性都愿意亲近、非常友好，但是，他爱的是黛玉而不是宝钗，这一点，王氏姐妹是看在眼里，痛在心中的。但那个时代，青年公子和千金小姐的婚事，都得听凭父母之命、媒妁之言，宝玉笃信“木石姻缘”而排拒“金玉姻缘”固然是个麻烦，但对于王氏姐妹来说，也还不是什么难以克服的麻烦。

那么，王氏姐妹遇到的难以逾越和排除的障碍是什么呢？是贾母。

不少读者读的是包括高鹗续写的四十回在内的一百二十回通行本，深受高续中“调包计”的影响。高鹗笔下的贾母不仅成全了“金玉姻缘”，还非常冷酷地对待黛玉，使黛玉彻底绝望，焚稿断痴情，魂归离恨天。在这种影响下，也就读不懂曹雪芹前八十回里许多重要的篇章了。

其实，在第二十九回清虚观打醮那段情节前后，曹雪芹的生花妙笔，着力写到了在宝玉的婚事上，贾母与王氏姐妹的短兵相接。不过，那是一场没有硝烟，甚至连吵闹也没有的战斗，是家族政治中的“微笑战斗”。

3

薛姨妈守寡后，几乎把全部的生活希望都寄托在了女儿薛宝钗身上。她有儿子薛蟠，这儿子也算子承父业，依然充当皇家的买办，支撑着她家的经济，但这个儿子能不给她惹事就阿弥陀佛了，家庭的进一步发展，绝对指望不上。

第四回交代得很清楚，薛姨妈一家从金陵跑到京城，并不是因为薛蟠为抢香菱打死了冯渊而“畏罪潜逃”，那对薛蟠来说不过是一个偶然的插曲，“人命官司一事，他却视为儿戏，自为花上几个臭铜，没有不了的”。（我在文章中所引《红楼梦》原文，大多根据人民出版社2006年12月第一版的周汝昌汇校本。周先生用十一种古本逐字逐句比较，从中选出最符合曹雪芹原笔原意的字句，连缀成一个善本，其中选字选句多有与以往一百二十回通行本不同之处。如此句中“臭铜”通行本作“臭钱”）薛蟠带着母亲、妹妹及一大群家人往京城去，是按早就拟订的计划行事，首要目的是送薛宝钗选秀女。因此，薛姨妈最初向往的，未必是把女儿嫁给贾宝玉。如果薛宝钗选秀女选上了，那么，无论是像元春那样被皇帝宠幸，还是到王爷身边，也就是“充为才人、赞善之职”，都比嫁给宝玉风光。

那么，薛宝钗究竟参没参加选秀呢？曹雪芹实际上写到了薛宝钗选秀失利，不过，不是明写，而是暗写。第二十九回清虚观打醮前，之前“品格端方，容貌丰美……行为豁达，随分从时……便是那些小丫头们，亦多喜与宝钗去顽”（第五回）、“罕言寡语，人谓藏愚；安分随时，自云守拙”（第八回）的贤淑贞静的女子，忽然变得非常烦躁，而且在大庭广众之下频频失态失语。第三十回中，宝玉没话找话，不过随口说了她一句“怪不得他们拿姐姐比杨妃，原来也体丰怯热”，她就不由大怒，完全不能隐忍，脸红起来，冷笑了两声，说出绝对失态的怪话来：“我倒像杨妃，只是没一个好哥哥好兄弟可以作得杨国忠的！”这就是暗写宝钗选秀失利。虽然她容貌素质绝对超群，但是那时候四大家族都已走下坡路，不复元妃参选时的那种态势，由于“朝中无人”，终致宝钗黯然出局。她平时最能容忍小丫鬟的玩笑，那天靛儿（有的古本作“靓儿”）不过是问了她一句藏没藏自己的扇子，她竟勃然大怒，口吐恶语，还“借扇机带双敲”，连宝玉、黛玉一起敲打。

宝钗参加选秀，元春当然关注。元春虽然才选凤藻宫，加封贤德妃，但选秀女是户部和宫中主管太监等拿事，她不能干预。宝钗最后被淘汰出局，她应该知道得最早，于是就通过颁赐端午节的节礼表明了她的态度。这是在第二十八回末尾，通过袭人向宝玉汇报，巧妙地写出来的。

端午节颁赐节礼是每年例行的公事，但这年却有所不同：在对平辈人的颁赐上，元春特意让宝钗和宝玉所得份额一样，黛玉却只和迎、探、惜取齐，无论是数量上还是质量上，都无法相比。元妃这样做，一是对宝钗选秀出局加以抚慰，另一层意思——这是更主要的——就是表达了指婚的意向。元妃的这个想法是可以理解的，她很欣赏她的这位姨表妹，既然进不了皇家圈子了，那么嫁给她的爱弟也很不错。

对于元妃的指婚，贾母及王夫人、薛姨妈的反应如何呢？曹雪芹也刻意进行了暗写。

4

去清虚观打醮本是元妃的安排。第二十八回末尾，袭人向刚回家的宝玉汇报，元妃派夏太监送来了一百二十两银子，作为打醮的资金，时间定在五月初一至初三，主题则是平安醮——祝祷某个亡灵在阴间能够安息，不会骚扰阳间的人，使阳间的人能安享太平。元妃自己不能去，于是“叫珍大爷领着众位爷们跪香拜佛”。元春的原型曾是康熙朝废太子跟前的人，是她向皇帝告发了秦可卿原型的真实出身——废太子（书中以“坏了事”的“义忠亲王老千岁”影射）的一个未在宗人府登记，而藏匿在她家的女儿——最终导致秦可卿自裁。康熙诸子中，诞生在五月初三的只有废太子一个，曹雪芹把元春指定的打醮日期定在五月初一至初三，有深意存焉（过去，无论阳寿还是冥寿，办事时都要至少连续三日，最后一天是“正日子”）。

第二十九回，曹雪芹正面写了清虚观打醮，

但主角却成了贾母，元妃指定的贾珍则成了一个出面保障女眷安全和后勤供应的配角。元妃指定贾珍“领着众位爷们跪香拜佛”，是因为“心中有鬼”，那“鬼”就是秦可卿。秦可卿是宁国府收养，并在宁国府悬梁自尽的，因此，乞求“鬼”不要骚扰活人，使大家平安，应由宁国府的贾珍领衔烧香拜佛。

贾母完全改变了清虚观打醮一事的宗旨，把一场“平安醮”变成了“享福人福深还祷福”的“祈福醮”，让贾珍和众位爷们全靠边站，带领荣国府几乎全体女眷浩荡而去，使打醮活动成了荣国府女眷——不仅是众位女主子，还包括许多丫鬟、婆子——的一次罕见的嘉年华会。

不但如此，贾母还对元妃通过颁赐节礼的特殊安排所表达的指婚意向置若罔闻，这当然是因为她对“金玉姻缘”不以为然。元春如果正式下谕旨，贾母也许无可奈何，但既然只是一个含蓄的意向，那么贾母就可以装傻。

对于元妃的指婚，王夫人和薛姨妈不消说是喜在心头的，但是，贾母的装傻充愣却让她们难以喜上眉梢。一场家族政治的大较量势不可免。

曹雪芹写得很巧妙。第二十九回开头，贾母发动荣国府的女眷们一起去打醮，还特别点了薛姨妈的名。她是这样对宝钗说的："你也去，连你母亲也去，长天老日的，在家里也是睡觉。"宝钗只得答应着。

贾母既然要去打醮，王夫人按理是必须陪同去伺候的。《红楼梦》里一再写到封建家庭里媳妇对婆婆的礼数，每天必须晨昏定省，在婆婆面前毕恭毕敬，婆婆坐着，媳妇一般情况下只能站着。第三十五回写贾母偶然到王夫人上房歇息，王夫人站立一旁侍奉，贾母开恩，向王夫人道："让他们小妯娌们伏侍，你在那边坐下，好说话儿。"王夫人方向一张小杌子上坐了——虽然她是一府女主，又在自己房中，但在婆婆面前，身为媳妇是连椅子都不敢坐的。第四十一回，贾母带着刘姥姥逛大观园，王夫人自然陪同到底，当中有一小段时间，贾母因困乏到稻香村小憩，王夫人这才乘空歇着，但也不忘嘱咐人道：“老太太那边醒了，你们就来叫我。”

前八十回里，除去清虚观打醮这一回，王夫人作为贾母的儿媳妇，大面上的表现应该算是优秀的，尤其是和邢夫人相比，成绩应该在八十分以上。

但是，清虚观打醮，因为贾母完全改变了元妃的初衷，又对元妃指婚的意向装傻充愣，王夫人实在是吃不消了。书里是这样写的：“贾母又打发人去请了薛姨妈，顺路告诉王夫人，要带了他们姊妹去。王夫人一则身上不好，二则预备着元春有人出来，早已回了不去的。听贾母如此说，遂笑道：‘还是这么高兴。’因打发人去到园子里告诉：‘有要逛的，只管初一跟了老太太去。’”

虽然王夫人提前跟贾母告了病假——这在前八十回书里是唯一的一次——贾母还是让人“顺路告诉王夫人”，实际上就是再给王夫人一次机会，但王夫人这回是铁了心要给贾母一个“不奉陪”，这其实也就是对贾母无视元春指婚的一个严重的抗议。她“遂笑道”，道出的话是有讥讽意味的：“还是这么高兴。”但究竟谁能高兴到最后呢？这些乍读淡淡的文字里，实际上蕴含着浓浓的火药味。

王夫人执意不去清虚观打醮，所谓“预备着元妃有人出来”的理由是站不住脚的。贾母去清虚观打醮，她就该跟随去侍奉，何况这打醮本是元妃出资安排的，即使那天“元妃有人出来”，也完全可以到清虚观一并给贾母和王夫人请安。

王夫人不去，贾母就一定要薛姨妈去。所谓“在家里也是睡觉”，也是话里有话。在元妃表达了指婚意向之后，面对贾母的不表态——其实就是一种表态——王氏姊妹寝食无安，焉能白日睡大觉。贾母前脚率众前往清虚观，她们姊妹二人如果都不去，必定后脚聚集，商量对策。贾母棋高一招，王夫人既然托病不去，薛姨妈就必须去。王氏姊妹去了一个，等于两个都去了。贾母有话要说，薛姨妈听见了，等于王夫人也听到了。

在清虚观，借张道士给宝玉提亲的话头，贾母大发了一番议论，那其实就是说给王氏姊妹听的。薛姨妈在场，不中听也得听，她回去后，肯定要跟王夫人一字不落地汇报。贾母的话对她们来说，无疑是一次沉重的打击。

贾母首先说："上回有和尚说了，这孩子命里不该早娶，等再大一大儿再定罢。"你王氏姊妹不是一天到晚大造"金玉姻缘"的舆论吗？动辄就说金锁是和尚给的，今后必得嫁给有玉的，那么，现在我也宣布，也有同等法力的"和尚谶语"，宝玉的婚事现在谁也别提，元妃也定不了。"等大一大儿再定"，实际上就是郑重宣告，只要她贾母在世，宝玉的婚事就只能由她来定，谁插手都不行。

贾母接着说："你可如今打听着，不管他根基富贵，只要模样儿配的上，就好来告诉我。便是那家子穷，不过给他几两银子罢了。只是模样儿性格难得好的。"

历来许多读者读不懂这几句话。有的就说，贾母论婚，"不管他根基富贵"，可见贾府的婚姻观是不讲究经济条件的。其实，这是贾母在特定的情况下针对特定的人说的。除了关于秦可卿出身的可疑交代和这个地方，八十回的文本里一再强调四大家族是多么重视根基富贵、门当户对，他们“皆连络有亲”。贾母后来想给薛宝琴做媒，“细问他年庚八字并家内的景况”，“家内的景况”当然首先就是根基究竟富贵到什么程度；第七十回更有一句点眼的交代：“偏生近日王子腾之女许与保宁侯之子为妻……凤姐又忙着张罗……”

贾母的话，宝玉、黛玉听不懂，在场的许多人都听不懂，但至少有一个人是绝对能听懂的，那就是薛姨妈。薛姨妈很清楚，能跟她女儿抗衡，争取成为宝玉正妻的，只有一个林黛玉。黛玉父母相继亡故，没能得到什么遗产，成了一个没了富贵根基的人，在荣国府寄人篱下，这是黛玉最大的劣势。但是，贾母却让王氏听清楚，她心目中的宝玉正妻，就是黛玉，“模样儿配的上”。贾母一开头都没有提到性格，因为众人皆知黛玉小性儿，爱生气爱哭，出语尖刻，但贾母却并不以为黛玉的性格有什么大的差池，因此最后她又补充一句“模样儿性格难得好”。你们不是嫌黛玉穷吗，那么就爽性把话说清楚：“便是那家子穷，不过给他几两银子也罢了。”第五十五回凤姐和平儿私下议论，凤姐明白点破：“宝玉和林妹妹他两个，一娶一嫁，可以使不着官中的钱，老太太自有梯己拿出来……”

清虚观打醮第一天回来，宝玉、黛玉两个不解事的少男少女竟因为金麒麟的事闹气，闹得可谓沸反盈天，贾母则说他们“不是冤家不聚头”，又宣布：“几时我闭了这眼，断了这口气，凭着这两个冤家闹上天去，我眼不见心不烦，也就罢了……”也就是表示只要她一息尚存，就要为两人的婚姻保驾护航到底。高鹗续书荼毒了贾母的这个宏愿，难道不是对曹雪芹原意的大违背、大歪曲吗？根据我的探佚，八十回后，贾母去世，黛玉沉湖后，王氏姊妹才得强行包办了宝玉和宝钗的婚事。

5

在表面无事的温柔面纱的遮蔽下，王夫人在跟贾母的家族政治博弈中败下阵来。贾母这个角色曹雪芹写得真绝。许多读者读得不仔细，形成了一个模糊的印象，似乎贾母只是个一味享乐的贵族老太太，但其实这是一个在家族政治中纵横捭阖、游刃有余的优胜者。

王夫人在家族政治上还有另一条重要战线，那就是必须时刻防备、排除赵姨娘的威胁。赵姨娘的优势在于她也为贾政生了一个儿子——贾环。王夫人的大儿子贾珠在故事开始前就死掉了，如果剩下的二儿子宝玉再死去，那她在家族中就只是徒有个正妻的头衔而已，荣国府今后的继承人就是贾环，赵姨娘也就至少是部分地获得了府第的控制权。赵姨娘和贾环黑了心要整死宝玉，贾环推蜡台要烫瞎宝玉的眼，赵姨娘通过马道婆几乎魇杀了宝玉和凤姐，这是第二十五回里明写的。根据我对曹雪芹后二十八回的探佚，他们还通过府里专管配药的贾菖、贾菱，故意给黛玉“配错药”，致使黛玉沉湖，也还是针对宝玉，因为他们深知宝玉爱黛玉极深。

把握王夫人这个人物，要把她在家族政治中的这些明争暗斗放在首位。

至于王夫人对丫鬟的迫害，曹雪芹则解释为她“原是天真烂漫之人，喜怒出于心臆，不比那些饰词掩意之人”，无论撵逐金钏，还是怒斥晴雯，都并非理性思考后的有计划的作为。

第三十回写王夫人午睡时，宝玉来到她卧着的凉榻跟前，与一旁乜斜着眼乱晃的金钏调笑。有人说金钏怎么敢那样？金钏本是最了解王夫人的生活规律和生理状态的，平日那时候王夫人肯定已入梦乡，她低声与宝玉调笑，王夫人应该是听不见的，因此是无碍的。但她哪里知道，那几天里接连发生的几件事，使得王夫人心烦意乱——宝钗选秀失利；元妃指婚竟被贾母漠视；清虚观打醮回来，薛姨妈把贾母的话学舌给她；贾母竟毫无顾忌地宣布宝、黛“不是冤家不聚头”，并公开表示只要活一天就要为他们护航一天……王夫人心里藏着这些败兴之事，在丫鬟面前当然尽量不去流露。因此，金钏万没想到，王夫人那天中午只是假寐，根本没有入睡，她和宝玉的那些出格的调笑话语竟句句入耳。结果，当王夫人听到最恶劣的几句后就“翻身起来，照金钏儿脸上就打了个嘴巴子，指着骂道：‘下作小娼妇，好好的爷们，都叫你们教坏了！’”王夫人那“你们”里，除了金钏，还包括谁？值得深思。但王夫人打骂金钏只是一场遭遇战，与贾母、赵姨娘之间的明争暗斗则往往有目标、有计划、有策略、有步骤，那种格局，全然不同。

6

王夫人怒斥晴雯并将其逐出，确实是一时兴起的偶然发作。

对于晴雯这样的生命存在，王夫人贵为一府女主，本是根本不放在眼里心上的。书里写得很明白，王夫人把侄儿媳妇王熙凤——也是她的亲侄女——请到荣国府里来管家，她是“抓大放小”，只关注家族政治中的大关节，对于诸如丫鬟婆子配置这类琐细的人事安排，一般是懒得过问的。

甚至在很长时间里，王夫人根本就不知道晴雯的名字和来历。

晴雯的悲剧，从故事流程来看，完全是出于一连串的偶然。

第七十三回一开头，忽然有个叫小鹊的丫鬟，大晚上跑到怡红院来报信。小鹊是赵姨娘的丫鬟。按说“喜鹊”应该报喜，但这位丫鬟却分明起着乌鸦的作用——她听到赵姨娘在贾政耳边说了宝玉坏话，让宝玉留神“明儿老爷问你话”。宝玉一听慌了神，临时抱佛脚，连夜温书，闹得一屋子丫鬟陪着熬夜。晴雯对宝玉的关爱，首先表现在斥骂小丫鬟打瞌睡上。后来，芳官出屋（应该是方便去了），被一个黑影吓了一跳，回屋就说有人跳墙。晴雯借题发挥，宣称宝玉被吓病了。上夜的人只好灯笼火把地找寻了一夜，却何尝有什么踪影？本来，事情到了这一步，也许就能躲过老爷的召唤考问了，却偏偏是晴雯，故意跑到王夫人那边要安魂丸药，非要让事态滚雪球般无限放大。晴雯那时得理不让人，跟上夜看门的人说起话来口气刚硬，她觉得自己跟王夫人是一头的。那时王夫人似乎也没有特别注意她，只是觉得兹事体大，不敢瞒过贾母，结果使贾母从息政离休状态变为亲自临朝。“贾母动怒，谁敢徇私”，于是严厉查办夜间赌局，犯案者跪了一院子，给贾母磕响头。贾母亲下命令，严惩不贷。

查出的三个聚赌的大头家里，有迎春的乳母。迎春是“大老爷那边的”，邢夫人虽然不是她的生母，但名义上是她的监护人，别的姊妹屋里都没人犯事，偏迎春乳母涉案，迎春没脸，邢夫人扫兴。王夫人跟邢夫人之间的矛盾，也是其家族政治的一个方面。邢夫人身为长房长媳，在贾母面前却毫无分量；虽然她儿子儿媳在荣国府里管事，却完全不顾及她的利益。现在荣国府里查赌，偏又查到她女儿乳母头上，邢夫人不仅不快，更觉得你二房夫人把好端端的一个府第治理得如此混乱，你狂什么狂？偏偏就在这种心理状态下，又是一个偶然——傻大姐拣到了绣春囊，迎面撞见了邢夫人。邢夫人得到绣春囊，吃惊之余，觉得天假人愿——得到了一个给王夫人大没脸的现成武器。她就把绣春囊封起来，交给了王夫人，那意思就是说：您看看吧，这就是您当家当出来的！王夫人觉得脸面丢尽，所以急匆匆去往凤姐屋里，翻脸轰出平儿，流泪责备凤姐荒唐——倘若那绣春囊真是凤姐的，事态到此可能也就暗中止息了，谁知又确实并非凤姐所有。

在雪球滚得这么大的时候，晴雯在怡红院里还一直懵然无知。

晴雯作为女奴，却由着自己的性子生活，思想行为很不“规范”。但她绝对没有反抗王夫人的主观战斗精神，也绝没有摆脱“牢笼”、争取自由的意识。她本以为可以在宝玉身边一直逍遥下去。

王夫人呢，在家族政治中，她要对付婆婆贾母，要敷衍大房太太邢夫人，要防范蝎蝎蜇蜇的赵姨娘……晴雯这样一个小生命本不在她算计之中。

曹雪芹接着写偶然。到了第七十四回，如何查出绣春囊的来历，凤姐提出了“平心静气，暗暗访察”的方针，王夫人本来也是同意的，如果事态定格于此，晴雯也无妨再在怡红院里撕扇补裘、嬉笑怒骂。但偏偏在王夫人、凤姐召唤自己这边的五家陪房来听命时，“忽见邢夫人陪房王善保家的走来”，王夫人出于客气（为的是缓和与邢夫人的紧张关系），就顺口留下她来帮忙。这一偶然事态导致了晴雯的迅疾夭折。

一场惊天动地的抄检大观园的风暴，起始的“青萍之末”就是那一晚晴雯执意要把子虚乌有的“夜贼跳墙”闹大。说搬起石头砸了自己的脚，于晴雯毕竟不忍，但细读《红楼梦》的文本，曹雪芹又确实是那么一路写下来的。

他写出了世事的荒唐，命运的诡谲。

王善保家的喧宾夺主，大肆攻击大观园里的“副小姐”。是她，明确提出了公开大抄检的丑恶方案，而且是她点了晴雯的名。

王夫人本来心中乱麻一团，并不在意晴雯这么个小角色，可是听了王善保家的谗言，“猛然触动往事，便向凤姐道：‘上次我们跟了老太太进园逛去，有一个水蛇腰、削肩膀、眉眼又有些像你林妹妹的，正在那里骂小丫头。我心里很看不上那狂样子，因同老太太走，我不曾说得，后来要问是谁，又偏忘了。今日对了槛儿，这丫头想必就是他了。’”

底下的情节我不再复述了，几乎所有读《红楼梦》的人都会铭心刻骨，永难忘却——晴雯死矣！

王夫人趁怒叫来晴雯，当面痛斥。正是在这个地方，曹雪芹写下了对王夫人的考语：“王夫人原是天真烂漫之人，喜怒出于心臆，不比那些饰词掩意之人，今既真怒攻心，又勾起往事”，所以顿生掐灭一个嫩芽般生命之意。

7

把王夫人怒斥、撵逐晴雯，依照阶级分析的模式，解释成封建女主对女奴的一场镇压，我是基本赞同的。

虽然事发偶然，但其中的必然因素不难揭橥——尤其是王夫人觉得晴雯眉眼有些像林黛玉，逗漏出依据她的封建道德意识，林黛玉、晴雯都属于不符合封建规范的生命存在，理应被排除、被剿灭。

但曹雪芹笔下，却分明用一连串偶然来推导王夫人对晴雯的扼杀。他说王夫人“原是天真烂漫之人”，我以为并无讥讽之意。

黛玉、晴雯的性格，固然可以用不符合封建礼教规范来解释，但凤姐的性格表现难道就处处符合封建礼教规范吗？王夫人不是可以容纳吗？

对于晴雯的任性，凤姐就不像王夫人那么反感。当王善保家的下了谗言，勾起王夫人对晴雯的坏印象，向凤姐求证，凤姐出言谨慎：“若论这些丫头们，共总比起来，都没晴雯生的好，论举止言语，他原有些轻薄。方才太太说的到很像他，我也忘了那日的事，不敢乱说。”

至于贾母，她对黛玉、晴雯的性格只有好感。第七十八回，当王夫人向贾母汇报了撵逐晴雯的事，贾母的反应是：“……晴雯那丫头，我看他甚好……我的意思，这些丫头的模样、爽利、言谈、针线，多不及他，将来只他还可以给宝玉使唤得……”晴雯原是贾府老仆妇赖嬷嬷买来的一个小生命，带到荣国府来玩，贾母一眼看中，十分喜欢，赖嬷嬷就把她当作一件小玩意儿，孝敬给了贾母。

贾母是比王夫人级别更高的封建女主，按说对丫鬟更应有封建礼教方面的要求，但是她全面肯定晴雯，不但认为模样好，言谈也好。那天王夫人看见晴雯骂小丫鬟，是陪同贾母进大观园的，贾母当然也看见了，那时候王夫人还根本不知道骂人的是谁，贾母却一定认出是晴雯，但并没有产生恶感。这就说明，曹雪芹的描写固然给阶级分析的评论角度提供了可能，但就他自己而言，他只是在写真实的生活，刻画活生生的生命存在。依我看来，王夫人对晴雯的生命不能相容，还是人性深处的东西使然。政治、社会、道德的理念与情感，对人与人的冲突固然起着作用，但人际间的生死悲剧，往往还有说不清道不明的因素。曹雪芹明点“王夫人原是天真烂漫之人”，天真，就是无需后天训练，生命中固有的本能；烂漫，就是不加掩饰，径直呈现。

王夫人体现于晴雯身上的天真烂漫，就是本能地觉得晴雯讨厌。

8

晴雯好比一盆才抽出嫩箭的兰花，被送往猪窝一般。宝玉对她的被撵逐，大惑不解，哭道："我究竟不知晴雯犯了何等滔天大罪！"

无须其他理由，王夫人觉得她讨厌。

如果处于同一阶层，一个人觉得另一个人讨厌，一般情况下，也不能把那人怎样。但如果是一个社会地位高、权力大的人，对一个社会地位低又无权势可倚仗的人感到讨厌，那么，甚至无须调动政治、社会、道德的"道理"，只要宣布"你讨厌"，就足以致被讨厌者于窘境，于困苦，甚至于死地。

权势者越"天真烂漫"，越不加掩饰，被讨厌的弱势生命就越接近灭顶之灾。

好一个"本是天真烂漫之人"啊！

我读《红楼梦》，读到这个地方，总不由放下书，痴痴地冥想一阵。

个体生命的苦楚，是不能单独生存。他或她必须参与社会，与其他生命共处。俄罗斯小说家陀思妥耶夫斯基的长篇小说《被侮辱与被损害的》，我也是常在阅读中不由得停下来，痴痴地冥想。曹雪芹写《红楼梦》比陀氏早，二者在民族、文化、时代方面的差异非常巨大，但他们在表现、探究人性这一点上却惊人地相通。现在仍然存在着侮辱与损害他人的强者，和被侮辱被损害的弱者。什么时候强者能收敛他们在表达对弱者讨厌时的那份“天真烂漫”和“不加掩饰”？靠什么来抑制强者以“讨厌罪”侮辱和损害弱者？革命？法制？道德诉求？宗教威严？

我会继续痴痴地冥想。

秋纹器小究可哀

1

清末民初，热爱《红楼梦》的人士写下了大量题咏，以诗词的形式，对书中的人物、情节进行概括与评价。拿人物来说，几乎书里所有的角色都咏到了，连傅秋芳、真真国女子那样的仅仅被提到一次的，以及南安太妃、周姨娘那样面目模糊的，全都成了诗词咏叹的对象。与贾宝玉关系密切的小姐、丫鬟当然更被热咏。有一位姜祺，写了一本《悼红咏草》，里面不厌其烦地以诗歌评价书中的每一位角色，其中有一首是咏秋纹的：

罗衣虽旧主恩新，受宠如惊拜赐频。

笑语喃喃情琐琐，拾人余唾转骄人。

诗末还缀有考语：“一人有一人身份，秋姐诸事，每觉器小。”

第六十三回，“寿怡红群芳开夜宴”，明文交代，当时怡红院伺候宝玉的一等丫鬟共四位，排名顺序是袭人、晴雯、麝月和秋纹；二等丫鬟也是四位，排名顺序是芳官、碧痕、小燕和四儿。这里面芳官原是荣国府里养的戏子，因为朝廷薨了一位老太妃，贵族家庭一年内不能排筵唱戏，元妃也不能省亲，所以遣散了戏班，愿意留下的女孩们全分配到各处当差，芳官被分到了怡红院，深得宝玉喜爱，竟成了二等丫鬟里的头名。在大观园尚未修建前，宝玉身边还有叫茜雪的丫鬟，该能列入一等，却在第八回的“枫露茶事件”后无辜被撵；还有一位叫媚人的，第五回出现了一次，后来不复提及；还有名字与晴雯相对应的绮霰、与麝月名字对应的檀云，以及一个叫紫绡的，影影绰绰，似有若无；还有叫可人的，在故事开始前已经死掉了；另外一些丫鬟，林红玉（小红）戏份很多，但在怡红院充其量只是三等丫鬟，攀上凤姐高枝后地位才得提升；佳蕙、坠儿等在怡红院地位比小红更低；还曾经有一个叫良儿的，因为偷玉早被逐出。这样看来，稳定地留在宝玉身边，算是一等而排名第四的秋纹，读者实在不该将其忽略。

秋纹的戏份不算多，却也不能算少。第三十七回有一段文字，虽然是“群戏”，却以秋纹为轴心，说那段文字是“秋纹正传”也未为不可。

2

第三十七回的回目是“秋爽斋偶结海棠社　蘅芜苑夜拟菊花题”，主要情节是贾宝玉和众小姐以及寡嫂李纨结社吟诗。海棠社初起时，史湘云不在。缺了她怎么行呢？怎么很自然、很合理地把她安排进来呢？曹雪芹精心设计了约一千一百字的“过场戏”。袭人派宋妈妈去史侯家给史湘云送东西，史湘云接到东西问“二爷作什么呢”？宋妈妈随口道“和姑娘们起什么诗社作诗呢”。史湘云反应强烈，“说他们作诗也不告诉他去，急的了不的”。这反应反馈到宝玉那里，也就着急起来，立逼着叫人去接史湘云。贾母说天晚了，于是第二天一大早就派人去接。史湘云午后到达，大家自然欢喜。史湘云一人独作两首咏白海棠诗，又兴冲冲跟薛宝钗熬夜商讨赏菊食蟹作菊花诗的雅集。

这一回的两段主要情节，如果让俗手来过渡，那么像我上面这么简单地一交代，也就衔接上了。但曹雪芹誓不写平板文字，他把这么一段“过场戏”写得花团锦簇、七穿八达，赋予其十分丰富的内涵，特别是把怡红院里四位头等丫鬟的不同性格，还有她们之间的人际心理，描摹得入木三分。四个人里，又特别让秋纹成为“主唱”，仅仅通过这一段文字，就使这个角色成了一个典型形象。戚蓼生为石印古本作序，盛赞曹雪芹“一声也而两歌，一手也而二牍，此万万所不能有之事，不可得之奇，而竟得之《石头记》一书，嘻，异矣”！他的赞叹，并不过火。

这一场戏，实在可以用现代话剧剧本的形式改写如下：

布景：怡红院内室。早在第十七回大观园初建还没有启用，就交代那一处建筑的内室设计十分独特：四面皆是雕空玲珑木板，一槅一槅，或有贮书处，或有设鼎处，或安置笔砚处，或供花设瓶、安放盆景处；且满墙满壁，皆系随依古董玩器之形抠成的槽子，诸如琴、剑、悬瓶、桌屏之类，虽悬于壁，却都是与壁相平的。

［幕启。场上晴雯、秋纹、麝月三个大丫鬟分坐各处，或缝纫或刺绣］

［袭人从外屋进来］

袭人：我让宋妈妈给史大姑娘送东西去。要用那嵌在墙上的碟子给她盛东西。咦，怎么墙上是空槽子？这一个缠丝白玛瑙碟子哪儿去了？

［另三人停针，你看我我看你，一时都想不起来］

晴雯：［想起来，笑］啊，给三姑娘送荔枝时拿去的，她们那里还没给还回来呢。

袭人：家常送东西的家伙也多，巴巴地拿这碟子去。

晴雯：我何尝不也这么说。偏二爷说，这个碟子配上鲜荔枝才好看。我送去，三姑娘见了也说好看，叫连碟子放着，就没带回来。［稍停顿，望望］你再瞧，那槅子尽上头的一对联珠瓶，也还没收回来呢。

秋纹：［笑］提起瓶子，我又想起笑话。我们宝二爷说声孝心一动，也孝敬到二十分。那天见园子里桂花，折了两枝，原是自己要插瓶的，忽然想起来说，这是自己园子里才开的新鲜花，不敢自己先玩，巴巴地把那一对瓶拿下来，亲自灌水插好了，叫个人拿着，亲自送一瓶进老太太，又进一瓶给太太。谁知他孝心一动，连跟的人都得了福了……

［袭人站住听，麝月刺绣听，晴雯心不在焉］

秋纹：［略作停顿后］可巧，那天是我跟着二爷，捧着瓶子把花进上去的。老太太见了那瓶花，高兴得无可无不可的，那时候正有不少人去给她老人家请安，老太太见人就指着那瓶花说：到底是宝玉孝顺我，连一枝花也想得到，别人还只抱怨我疼他……

［袭人走动着取东西，麝月静静地做针线活，晴雯取下头发上的一丈青掏耳朵］

秋纹：［自我陶醉］你们知道，老太太素日不大同我说话的，有些不入她老人家的眼的……可那天怎么样呢？她竟让鸳鸯姐姐拿几百钱给我，说我可怜见的，生得单柔。这可是再想不到的福气。几百钱是小事，难得这个脸面！

［袭人拿着东西去往外屋，麝月微笑，晴

雯掏好耳朵，插回一丈青，拿起绣绷子打算继续刺绣。]

秋纹：[越发沉浸在自我快感里] 及至到了太太那里，太太正和二奶奶、赵姨奶奶 [晴雯听到她这样尊称那个女人，撇嘴一笑]、周姨奶奶，好些个人，翻箱子呢，在找太太当日年轻时候留下的颜色衣裳，也不知为的是要给哪一个。一见我捧着花瓶去了，连衣裳也不找了，且看花儿。二奶奶就在旁凑趣儿，一个劲夸宝玉又是怎么孝敬，又是怎样知好歹，有的没的说了两车话。当着众人，太太自为又争了光，堵了众人的嘴，太太是越发的喜欢了！[提高声音] 你们猜怎么着？太太一高兴，现成的衣裳就赏了我两件！你们说说看，衣裳也是小事，年年横竖也得，却不像这个彩头！[得意地晃头]

晴雯：[辅之以肢体语言，笑] 呸！没见过世面的小蹄子！那是把好的给了人，挑剩下的才给你，你还充有脸呢！[麝月一旁微微

点头笑]

秋纹：[真诚地]凭她给谁剩的，到底是太太的恩典啊！

晴雯：[高声]要是我，我就不要！[稍作停顿后]若是给别人剩下的给我，也罢了。一样这屋里的人，难道谁又比谁高贵些？[掷下绣绷，站起，用手帕给自己扇风]把好的给她，剩下的才给我，我宁可不要，冲撞了太太，我也不受这口软气！

[袭人从外屋进来，碧痕、小燕、四儿随进，麝月站起来接应]

秋纹：[站起来走近晴雯]给这屋里谁的？我因前儿病了几天，家去了，不知是给谁的。好姐姐，你告诉我知道知道。

晴雯：[扭开身子]我告诉了你，难道你这会子去退给太太不成？

秋纹：[笑]胡说！我白听了喜欢喜欢。哪怕给这屋里的狗剩下的，我只领太太的恩典，也不犯管别的事！

麝月：［笑］骂得巧！

碧痕：［同时笑道］可不是给了那西洋——

小燕、四儿：［跟上去，齐声］——花点子哈巴儿了！

［晴雯乐不可支，秋纹愣然］

袭人：［尴尬，强笑］你们这起烂了嘴的！得了空就拿我取笑打牙儿！一个个不知怎么死呢！

秋纹：［恍然大悟，恢复常态，笑］啊呀，原来是姐姐得了，我实在不知道啊。［走到袭人跟前福了几福］我赔个不是吧。

［其余几位围观，笑，互相推搡，晴雯夸张地模仿秋纹向袭人赔礼的神态动作］

袭人：行啦行啦，都少轻狂些罢。谁去取了碟子来是正经。

麝月：那联珠瓶得空也该收来了。老太太屋里还罢了，太太屋里人多手杂，别人还可以，赵姨奶奶一伙的人见是这屋里的东西，又该使黑心弄坏了才罢。太太也不大管这些，不如早收来是正经。

晴雯：[本已拾起针线，听这话又忙掷下] 这话倒是，我取去！

秋纹：还是我取去吧。你取你送到三姑娘那里的玛瑙碟去，岂不正好？

晴雯：[双手叉腰，笑道] 我偏去太太屋里取一遭！是巧宗儿你们都得了，难道不许我得一遭儿？[脸虽对着秋纹，眼睛却斜睨袭人]

麝月：[一旁微笑] 统共秋丫头得了一遭儿衣裳，哪里今儿又巧，你也遇见找衣裳不成？

晴雯：[冷笑，环顾众人，却并不特别将眼光扫到袭人] 虽然碰不见衣裳，或者太太看见我勤谨，一个月也把太太的公费里分出二两银子来给我，也定不得。

[麝月转身离开，秋纹追上她低声询问，碧痕、小燕和四儿凑拢叽叽咕咕，袭人只当没听见]

晴雯：[往外走，走到门边忽然扭头对着屋里，并不特别对着袭人，而是对所有的人，大声笑道］你们别和我装神弄鬼的，什么事情我不知道。

［随着晴雯跑出，闭光，幕急落］

3

《红楼梦》和《金瓶梅》很不一样。后者没有在书里表达出超过“指奸责佞”“因果报应”的社会理想与人文关怀，对笔下的人物刻画生动，但缺乏审美指向。曹雪芹却在他那长长的人物画廊里做出了对人物的审美判断。他笔下有贾宝玉、林黛玉那样的洋溢着个性解放光芒，使读者从审美中获得人生启迪的形象；也有像赵姨娘那样“蝎蝎蜇蜇”狠毒又愚蠢的角色；还有像王善保家的那样挟势兴风招来耳光等作者不藏其鄙夷，更令读者齿冷的猥琐人物。但总的来说，曹雪芹写的尽是“不好不坏、亦好亦坏、中不溜儿”的芸芸众生。在大观园的丫鬟形象谱系里，他把每一个角色的性格都勾勒得鲜活跳脱。秋纹在那场“过场戏”里，就一下子与别的丫鬟区别了开来，成了独特的“这一个”。

跟怡红院里别的丫鬟们相比，秋纹确实堪称“中间人物”。

晴雯不消说了，是一块爆碳，由着自己的性子生活。她虽然喜欢宝玉，却从来没有对宝玉私情引诱或娇嗔辖制；她对王夫人毫无“权威崇拜”；对袭人谋取的“半合法姨娘”的身份嗤之以鼻。她算得上是一个反抗性的人物，秋纹跟她的心灵距离不啻千里之遥。

袭人与晴雯的思想境界、性格特征、处事方法全然相异，就思想倾向而言与薛宝钗的封建正统观念强烈共鸣，但不能因此就把她定位为“反面形象”，或简单地责备她“虚伪”“奸诈”，曹雪芹是把她作为一个复杂的艺术形象来塑造的。袭人外表的柔顺掩盖着内心的刚强，她那股刚强劲儿无微不至地渗透到了宝玉生活的每一个毛孔中的“小心伺候，色色精细”，加以“情切切”的“娇嗔”，牢牢地笼络住了宝玉，使宝玉视她为生活中不可或缺的依靠，并且也是很理想的长期性伴侣。她具有很强的主动进取精神，按部就班、韧性十足地去耐心争取个人幸福——成为宝玉的第一号侧室。袭人是清醒的，她知道自己该做什么不该做什么，该收时能收该放时能放。秋纹跟她一比就太浑噩了。对王夫人，袭人与其说是效忠，不如说是主动参与合谋。她对家族权威忠而不愚。秋纹呢，对贾母也好，对王夫人也好，除了仰望，没有别的视角；不过是得了一点唾余，就感恩戴德到不堪的地步。在晴雯与袭人之间，她的生存状态和言谈做派显得那么颟顸可笑。

或许秋纹的性格与麝月比较相近。麝月是恬淡平和的。左有以天真魅惑宝玉的晴雯，右有以世故控制宝玉的袭人，她能与世无争，左右不犯，实属不易。宝玉曾惊叹麝月“公然又是一个袭人”，并在与她单独相处时替她篦头。但麝月的效袭人“尽责”，只不过是一种性格使然的惯性，并非谋求地位提升，更没有取袭人而代之的想法；对宝玉给她篦头的意外恩宠，也并没有得了彩头似的得意忘形。麝月虽也很“中间”，却比秋纹境界稍高。

秋纹真是不堪比较。小红攀上凤姐那高枝之前，偶然给宝玉倒过一杯茶，恰好被合提一桶洗澡水来的秋纹和碧痕（有的古本“碧痕”写作“碧浪”，想来与她专司伺候宝玉洗澡相关）撞见，秋纹和碧痕一起醋意大发，后来找到小红将其羞辱了一番。当时秋纹的话听来也颇锋利：“没脸的下流东西！正经叫你催水去，你说有事故，倒叫我们去，你可等着做这个巧宗儿。一里一里的，这不上来了！难道我们倒跟不上你了？你也拿镜子照照，配递茶递水不配！”但她真好比燕雀难知鸿鹄之志，小红表面上只是软语辩解，心里呢，秋纹辈做梦也想不到，人家早把怡红院乃至整个贾府的前景看破，“千里搭长棚，没有个不散的筵席”，“谁守谁一辈子呢？不过三年五载，各人干各人的去了，那时谁还管谁呢”？就是后来攀凤姐的高枝，也绝非希图在那高枝上永栖，为的不过是“学些眉眼高低，出入上下，大小的事也得见识见识”。秋纹等凡俗人物怎会知道，就在她们以为小红是要在怡红院里“争巧宗儿”而泼醋詈骂的时候，人家已然大胆“遗帕惹相思”，锁定了府外西廊下的贾芸，为自己出府嫁人早做打算，一步步坚实前行了。拿秋纹跟小红相比，她不仅太“中间”，也太庸俗，太卑琐。难怪姜祺说“一人有一人身份，秋姐诸事，每觉器小”。所谓“器小”，就是精神境界卑微低俗，没有什么亮点。

芳官的性格锋芒不让晴雯，王夫人对她兴师问罪，她敢于随口顶撞。四儿，原叫蕙香，她跟宝玉生日相同，就敢说出“同日生日就是夫妻”的玩笑话，为这一句话被撵逐，但也不枉在怡红院一场。春燕，也就是小燕，够平庸的了，但毕竟还记得宝玉说过的关于女儿从珍珠变成死鱼眼睛的一段话。她或许并不懂得那段话的深刻内涵，但她听了能记住，并能在关键时刻完整地引述，说明她的精神世界里多少还渗透进了一点新鲜的东西。连坠儿的偷窃虾须镯也算得上是一种对现实的消极反抗，总算做了件不平庸的事情。

最接近秋纹状态的是碧痕。第三十一回，晴雯透露，一次碧痕伺候宝玉洗澡，足足两三个时辰，洗完了别人进去收拾，发现水淹着床腿，连席子上都汪着水，可见碧痕起码还享受过一点浪漫。晴雯并没有提到秋纹。秋纹虽然跟碧痕共提过一桶为宝玉准备的洗澡水，但她似乎到洗澡时就不再参与了，否则“嘴尖性大”的晴雯不会不点她的名。这样看来，秋纹可真是既无大恶也乏小善，既无城府也不浪漫，成为那个时代、那个社会、那个具体环境里最庸常鄙俗的一个生命。

4

我以为，曹雪芹的《红楼梦》自觉地贯穿着反庸俗这一伟大的主题。

什么是庸俗？平庸不是罪过。世上平庸者本是绝大多数，对这绝大多数“不好不坏，亦好亦坏，中不溜儿”的芸芸众生，总体而言，不应该责备，而应该怜惜，尊重他们的生存，理解他们的心境。说到底，革命者倡导革命也好，改革家推行改革也好，其目的，都应该是造福这数目最大的社会群体。平庸的生命不要去伤害，不要去反对。不要把反庸俗错误地理解为针对芸芸众生，否定他们的生存权，对他们实行强迫性改造。庸俗是一种流行甚广的精神疾患，这种疾患犹如感冒，一般情况下，虽然具有多发性、反复性，却并不一定致命，但是如果一个社会庸俗泛滥，那就像流行性感冒肆虐一样，会死人，会造成整个社会的损伤，绝不能等闲视之。

惧上欺下，这是庸俗的典型表现。秋纹对上层主子的“权威崇拜”，上面已经揭示过了，她对地位比自己低的小红“兜脸啐了一口”，然后破口大骂，上面也已经讲到。而且，在其他丫鬟们都并不觉得以“西洋花点子哈巴儿”影射袭人，以及讽刺一下王夫人赏赐袭人衣服算是什么罪过的氛围里，秋纹明明“不知者不为罪”，却还要真诚而谦卑地去跟袭人赔不是，这场景想必也已经刻进大家心中了。秋纹所做的这一切并非是为了谋求进一步发展，只不过是希望稳住既得利益而已，正所谓“器小”，令人哀其精神世界的浅薄、狭隘。

书里其实还有一些涉及秋纹的细节，表现出她那样的生命的庸俗疾患的另一个方面，就是“背景意识”。什么叫“背景意识”？社会上的每一个人，都自动或被动地处于社会网络的一个结点上。每个结点的社会等级是不一样的。社会结点其实是会变化的，个人的“结点背景”随社会的变化也会转换，甚至会发生翻覆性的转换。庸俗疾患的表现，往往反映在为人处事时，以自己的优势“背景”自傲，而从比自己“背景”差的人物的谦恭中获得廉价的满足。

第五十四回，浓墨重笔写的是“史太君破陈腐旧套　王熙凤效戏彩斑衣”，曹雪芹却也在两大主情节之外，特意写了字数不菲的若干“过场戏”，其中就有秋纹的“戏份”。元宵节荣国府大摆宴席，热闹不堪，宝玉忽然想回怡红院静静，没想到回去还没进屋，发觉鸳鸯正陪处理完母亲丧事的袭人在里边私语，就没进屋，悄悄地又往回返。宝玉在园里内急，走过山石撩衣小解，当时随身伺候他的就是麝月和秋纹。正如第三十七回秋纹自己所说，她“有些不入她老人家的眼”，贾母只记得袭人，看宝玉回屋并无袭人在侧，说“他如今也有些拿大了，单支使小女孩子出来”。可见虽然贾母因为送桂花赏过秋纹几百钱，却根本记不得她的名字，只认为是无足轻重的“小女孩子”。当然后来听人解释，知道袭人是因为丧母热孝不便前来，才不再深究。秋纹明明刚听见贾母这样的说法，即便没有心中不快，至少应该不会马上引贾母这个“背景”为荣吧。但曹雪芹很细腻地写到，宝玉小解后自然需要洗手，“来至花厅后廊上，只见那两个小丫头一个捧着小沐盆，一个搭着手巾，又拿着沤子壶在那里久等。秋纹先忙伸手向盆内试了一试，说道：‘你越大越粗心了，那里弄的这冷水？’小丫头笑道：‘姑娘瞧瞧这个天，我怕水冷，巴巴的倒的是滚水，这还冷了。’正说着，可巧见一个老婆子一手端着茶杯，又提着一壶滚水走来。小丫头便说：‘好奶奶，过来给我倒上些。’那婆子道：‘哥哥儿，这是老太太泡茶的，劝你走了舀去罢，那里就走大了脚！’秋纹道：‘凭你是谁的，你不给？

我管把老太太茶吊子倒了洗手！’那婆子回头见是秋纹，忙提起壶来就倒。秋纹道：‘够了。你这么大年纪也没个见识，谁不知是老太太的水！要不着的人就敢要了！’婆子笑道：‘我眼花了，没认出这姑娘来。’宝玉洗了手，那小丫头子拿小壶倒了些沤子在他手内，宝玉沤了，秋纹、麝月也趁热洗了一回，也沤了”，这才跟宝玉回到贾母跟前，继续与宴看戏。秋纹就是这样以自己依附的“强势背景”把那老婆子震慑了一回，获得了极大的心理满足。这是非常生动也非常深刻的对庸俗心态的刻画，同时也是对庸俗的一次不动声色的批判。

第五十五回，秋纹的“背景意识”又一次发作。当时因为府里头层主子都参与老太妃的丧事去了，凤姐又病着，因此王夫人委托探春理家，再由李纨、宝钗襄助。几件事过去，人们就普遍感觉到，探春精细处不让凤姐，加上文化水平高，有杀伐决断，却比凤姐更精明沉着。平儿很快就意识到，在探春面前绝不可有什么“背景仗恃”的特权心理，必须以绕指柔来应付探春的刚毅决断，这就是平儿的不俗、超俗之处。但秋纹怎么样呢？她大摇大摆去往探春、李纨、宝钗办公所在的议事厅，厅外尝到探春厉害的众媳妇马上告诉她，里头摆饭呢，劝她等撤下饭桌子再进去回话。秋纹嬉笑着说：“我比不得你们，我那里等得！”她觉得自己有“背景”，应该享受“特权”，就不停步地要往厅里闯。这时候也在厅外的平儿立刻叫她：“快回来！”秋纹回头见了平儿，笑道：“你又在这里充什么外围的防护？”直到平儿把已经发生过的情况，以及大家共同面临的形势细细地告诉了她，指出这回探春理家可是“六亲不认”，而且专门要拿几家“背景”硬的来“作筏子”，以树权威，秋纹才清醒过来。如果秋纹不俗，她也仍可坚持争一下“特权”，充一条“好汉”，但她是怎么个表现呢？听了，伸舌笑道：“幸而平姐姐在这里，没的臊一鼻子灰。”来时气吼吼，去时灰溜溜。

庸俗者就是这样，他们并不能捍卫光荣，而只是谋逐虚荣，并不能坚持进取，而随时可以退避；他们随波逐流，得空隙就泄，见堤坝就退；他们欺软怕硬，崇拜“权威”，却既不能从低于自己的存在里捞到多少好处，更不能改变不入“权威”眼的卑微地位。

庸俗不是一种政治品质问题，甚至也不是一个道德问题。企图通过政治教育、政治批判或者道德说教、“道德法庭”来消除人们心灵中的庸俗，是不可能取得效果的。

秋纹一类的生命确实“器小”，但我们对这些有着庸俗疾患的个体生命应该理解多于批评、怜悯多于嘲讽。秋纹器小究可哀——我们要哀其不幸感染了庸俗病毒而不自知。